EL DESDICHADO EN FINGIR

Juan Ruiz de Alarcón

- **ARSENO, galán**
- **PERSIO, galán**
- **EL PRÍNCIPE DE BOHEMIA, galán**
- **JUSTINO, viejo**
- **CLAUDIO, criado del Príncipe**
- **ROBERTO, criado del Príncipe**
- **ARNESTO, hijo de Justino**
- **TRISTÁN, criado de Persio**
- **SANCHO, criado de Arseno**
- **PEREA, escudero de Celia**
- **ARDENIA, dama**
- **CELIA, dama**
- **INÉS, criada de Ardenia**
- **CRIADOS**
- **GUARDA**
- **UN PAJE**
- **UN CORREO**

ACTO PRIMERO

ARSENO, con botas y espuelas; ARDENIA, teniéndolo

ARDENIA: ¿Por qué te quieres partir,
y que yo sin alma quede?
ARSENO: Con un príncipe, ¿quién puede,
Bella Ardenia, competir?
ARDENIA: El príncipe para mí
Tú solamente lo eres.
ARSENO: Bien conozco las mujeres.
ARDENIA: Y yo, fementido, a ti;
Que por partirte condenas
Sin culpa mi firme pecho.
ARSENO: ¡Qué dellas en vano han hecho
juramento de ser buenas!
ARDENIA: No habrán arresgado el bien
que yo, Arseno, al quebrantallo.
ARSENO: Al que más merece, hallo
que lo quebranten más bien.
ARDENIA: Pues dime, ¿qué puede haber
que te dé satisfacción?
ARSENO: Tener de ti posesión.
ARDENIA: Será en siendo tu mujer.
ARSENO: ¿Cuándo tanto bien aguardo?
ARDENIA: Estorbos deja pasar.
ARSENO: No sufre tanto aguardar
el vivo fuego en que ardo.
ARDENIA: Mi fe que vivas pretende
si alarga la conyutura,
porque no estará segura
vida que a un príncipe ofende.
ARSENO: Si tú quieres, lo ha de estar.
ARDENIA: Si él me quiere, no lo está.
ARSENO: ¿Pues cuándo no te querrá?
¿Eres tú para olvidar?
ARDENIA: El tiempo es bastante medio
para apagar mayor llama.

ARSENO: Al fin de la que me inflama
            el aguardar no es remedio.
ARDENIA: Pues mira tú lo que quieres.
ARSENO: Sal de tu tierra conmigo.
ARDENIA: Perderé mucho contigo;
            que es de livianas mujeres.
ARSENO: Lo que alcanza mi porfía,
            ¿puede conmigo infamarte?
ARDENIA: Puede al menos avisarte
            de que con otro lo haría.
ARSENO: No siendo tu amor menor,
            no culpará tu fineza.
ARDENIA: Si la fineza es bajeza,
            no la disculpa el amor.
ARSENO: Si cuando tanto me ama
            tu pecho, al honor te mides,
            ¿cómo al Príncipe no impides
            que te destruya tu fama?
ARDENIA: ¿Qué ofende su pretensión
            A quien bien su honor defiende?
ARSENO: Al príncipe que pretende
            da el mundo la posesión.
ARDENIA: Si solo su intento daría,
            ¿Quién podrá impedir su intento?
ARSENO: ¿Ves cómo mi pensamiento,
            enemiga, no se engaña?
ARDENIA: ¿Por qué no se engaña?
ARSENO: Es llano;
            que al fin ha de ser vencida
            la mujer que es pretendida.
ARDENIA: ¿Luego nadie espera en vano?
ARSENO: Nadie, si intentar le dejan.
ARDENIA: ¿Y mil mujeres diamantes,
            de quien sus firmes amantes
            en,las historias se quejan?
ARSENO: Vencieron porque no dieron
            a los intentos lugar,
            y a recebir y escuchar
            sin manos y sordas fueron.
ARDENIA: Si en eso no más consiste,

vencedora me verás.
ARSENO: Contradiciéndote vas.
ARDENIA: ¿Cómo?
ARSENO: ¿Agora no dijiste
        que quién le podrá estorbar
        al Príncipe tal intento?
ARDENIA: Llamo intento al pensamiento,
        no a la obra de intentar.
ARSENO: Si entra el Príncipe en tu casa,
        mal puedes no darle oído.
ARDENIA: Sí yo tuviera marido,
        no pasara como pasa.
ARSENO: Si merecerte pensara,
        presto marido tuvieras.
ARDENIA: Seráslo como tú quieras.
ARSENO: Quiero, aunque el vivir costara.
ARDENIA: Pues mientras a eso los cielos
        muestran ocasión y día,
        aun darse traza podría
        para asegurar tus celos.
ARSENO: Dime cuál.
ARDENIA: Pensarla quiero,
        Arseno mío, más bien.
        Con la, noche oscura ven;
        que a la ventana te espero,
          y pensada la tendré.
        Vete agora; que vendrá
        Mi padre de fuera ya.
ARSENO: Queda a Dios.
ARDENIA: ¿Vendrás?
ARSENO: Vendré.

*Vanse y salen **PERSIO** y **TRISTÁN**, de noche,
con una linterna encendida*

TRISTÁN: ¿Tan enamorado estás,
        y en verla te estrenas hoy?
PERSIO: Tan enamorado estoy,
        y una vez la vi no más.

TRISTÁN: A purgar pienso que vienes
              aquel delito pasado.

PERSIO: ¿Cuál delito?
TRISTÁN: Haber burlado
              a Celia.
PERSIO: Donaire tienes.
                  ¿De qué sacas que a pagar
              delitos pasados vengo,
              si sabes, Tristán, que tengo
              Dichosa estrella en amar?
TRISTÁN: Es verdad--mas eso ha sido
              cuando rico; hoy no lo estás,
              y así dorar no podrás
              vos virotes a Cupido.
PERSIO: En la conquista presente
              dinero no es menester,
              que es muy rica esta mujer,
              sino dicha solamente.
TRISTÁN: ¿Que es muy rica?
PERSIO: Un su vecino
              largo de eso me ha informado
              y que es de linaje honrado.
TRISTÁN: ¿Y dura tu desatino?
PERSIO: Y aun se aumenta mi esperanza.
TRISTÁN: ¿Y aun se aumenta? ¡Ay de ti triste!
              Parece que ayer naciste,
              pues tu experiencia no alcanza
                  que para vencer la rica
              es menester más tesoro;
              que es como pimienta el oro,
              que al que más come más pica.
PERSIO: Poco se pierde en probar.
TRISTÁN: Dios lo haga.
PERSIO: ésta es la casa.
              Alumbra, a ver lo que pasa.
TRISTÁN: Déjate de enamorar,
                  y intenta, si te parece,
              una plaza de criado.
PERSIO: Calla, necio; que al osado

            la Fortuna favorece.
TRISTÁN: También de empresas como éstas
            he visto, y tú habrás oído,
            que algún osado ha salido
            con muchos palos a cuestas.
PERSIO: Eso suele suceder
            al vil que alturas pretende,
            que a la calidad ofende
            solamente en pretender;
              mas siendo yo caballero,
            mi amor a Ardenia no ultraja,
            pues sabes que más ventaja
            no me lleva que el dinero.
TRISTÁN: Como de ser a no ser
            es la ventaja, y lo fundo
            en que sólo tiene el mundo
            un linaje, que es tener.
PERSIO: La ventana abren, Tristán.
TRISTÁN: ¿Quieres llegar?
PERSIO: No; que quiero
            espiar y ver primero
            por dónde estas cosas van.
              Pongámonos en espía,
            veremos qué amantes tiene.
            Quien a sí no se previene,
            inciertos sus pasos guía.
              Nunca el médico ordenó
            el remedio sin tomar
            el pulso.
TRISTÁN: Bien puedo dar
            testimonio de eso yo.
PERSIO: ¿Cómo?
TRISTÁN: Fui a llamar un día
            para un enfermo un doctor,
            y él, sin saber el dolor
            o enfermedad que tenía,
              me dijo, "Mientras se ensilla
            mi mula, mancebo, id,
            y que le sangren decid;
            Que yo voy luego."

PERSIO: La silla
         De su mula merecía
      tal doctor.

*Salen ARDENIA, a la ventana con un papel, e
INÉS. PERSIO y TRISTÁN, en la calle*

ARDENIA: Con este enredo
         Pienso, Inés, que guardar puedo
         del Príncipe la honra mía,
         y asegurar a mi bien.
INÉS: A mucho te obliga amor.
TRISTÁN: Ya hay penitentes, señor:
         cubre esa linterna bien.
PERSIO: No temas que vernos pueda.

*Salen ARSENO y SANCHO, de noche. ARSENIA e INÉS, a la
ventana; PERSIO y TRISTÁN, retirados*

ARSENO: Solitaria noche mía,
         dejadme ver a mi día.
         Sancho,. en esa esquina queda,
         y avisa en viniendo gente;
         que es un príncipe el contrario.
SANCHO: El es caso temerario,
         que un pobre soldado intente
         a un gran príncipe oponerse.

*Apártase SANCHO, y llégase a la
ventana ARSENO*

ARSENO: Ardenia...

ARDENIA: Arseno...
ARSENO:
               Señora,
      aquí un alma que os adora

en su gloria llega a verse.
ARDENIA: Escucha.

Hablan en secreto y habla TRISTÁN aparte a
su amo

TRISTÁN: Ve lo que pasa.
       Llega a enamorar, señor.
       Por dicha hallará tu amor
       desocupada la casa.
PERSIO: ¡Bien lo entiendes!
TRISTÁN: Bien lo entiendo.
PERSIO: Agora empieza a crecer
       la esperanza de tener
       el dulce fin que pretendo.
          Su liviandad y mudanza
       han de admitir mi cuidado,
       y esta liviandad me ha dado
       de que otras hará, esperanza.
TRISTÁN: No es una mujer liviana
       por un amor.
PERSIO: Es verdad;
       mas, doncella, ¿es liviandad
       que a tal hora dé ventana?
ARDENIA: Con esta traza, señor,
       Tu recelo se asegura.
ARSENO: Es sin igual mi ventura,
       Y muestras, mi bien, tu amor.
PERSIO: (Yo quiero pasar, Tristán, **Aparte**
       y tanta gloria estorbarle,
       y ver de camino el talle
       de este dichoso galán.)
TRISTÁN: ¿Pues piensas dalle en la cara
       con la luz?
PERSIO: Sí; que ése ha sido
       el fin de habella tenido
       encendida.
TRISTÁN: Pues prepara
       la espada; que sucedió

alguna vez--yo lo vi--,
por dar con la luz así,
gran pesadumbre
PERSIO: Ya yo,
    Desde que me enamoré,
la espada, el pecho, la vida,
tengo a todo apercibida.
TRISTÁN: Ya yo mi espada tenté.
ARDENIA: Gente viene. Ese papel

*échale un papel y cae al suelo, y no lo
levanta ARSENO*

toma, y sí algo se te olvida
de la traza referida,
escrita va toda en él.
    Estima el renglón postrero,
que es la firma de mi amor.
SANCHO: Que viene gente, señor.
ARSENO: Adiós.
ARDENIA: Mañana te espero.

Quítanse de la ventana ARDENIA e INéS

ARSENO: (Si me han visto aquí parado,   **Aparte**
    y es del Príncipe esta gente,
tengo la muerte presente...
pero ya el remedio he hallado.)
    Caballeros...
PERSIO: ¿Qué mandáis?
TRISTÁN: (¿No lo dije yo?)   **Aparte**
ARSENO: Querría
    que me deis, por cortesía,
si muy de priesa no vais,
    esa luz para buscar
cierto papel que he perdido,
y ha rato que en vano ha sido
sin ella el quererlo hallar.

Saquélo revuelto a un lienzo,
y aunque sé que aquí cayó,
no sé dónde lo llevó
el viento.
PERSIO: (A enredar comienzo.   **Aparte**
De Ardenia es este papel,
y que he de cogerlo fío
en mi industria; que este mío
haré que lleve por él.)

*Saca un papel y finge que lo levanta del suelo, y
dalo a ARSENO*

En una ocasión tan buena
me huelgo de haber llegado,
y de haberos aliviado,
hallando el papel, la pena.
Veislo aquí.
ARSENO: Dios haga bien
a vuestras cosas y a vos.
PERSIO: Dios os guarde.
ARSENO: Guárdeos Dios.
PERSIO: Trístán, vamos.
ARSENO: Sancho, ven.
SANCHO: Vamos, y lleva estudiado
lo que a Celia has de decir;
que es tarde y ha de reñir.
ARSENO: Diré que jugando he estado.

Vanse ARSENO y SANCHO
TRISTÁN: ¿No nos vamos, pese a mí?
PERSIO: ¿Dio la vuelta?
TRISTÁN: Ya la dio,
Y las diera mejor yo
En la cama ya que aquí.
   Advierte que canta el gallo,
y te tengo que negar
si otra vez vuelve a cantar
y acostado no me hallo.

¿No ves que no tengo amor,
y me hiela el menor frío?
PERSIO: El fuego del amor mío
puede a entrambos dar calor,
    escucha un cuento gracioso.
TRISTÁN: ¿Qué buscas?
PERSIO: Este papel;

que uno mío di por él
a aquel galán venturoso.
TRISTÁN: ¿Para qué?
PERSIO: Ya lo verás.
Ten y alumbra.

TRISTÁN: ¿Pues aquí
quieres leer?
PERSIO: Tristán, sí;
no sufre el deseo más.
   ésta es letra de mujer,
y Ardenia dice la firma.
Lo que sospeché confirma.
   Oye.
TRISTÁN: Comienza a leer.

PERSIO: "Yo tengo un hermano en Roma veinte
años ha, llamado Arnesto, a quien de edad
de cinco llevó Roberto, hermano de mi
Padre, yendo a servir al cardenal Coloma
de mayordomo. Este hermano dirás que eres,
y que te vienes por haber muerto nuestro

tío; que los muchos años de ausencia,
la mudanza de niño a hombre, y la corta
vista de mi viejo padre aseguran el no
ser conocido; y con esto viviremos seguros
del Príncipe, dándome primero palabra de
esposo, que desde luego te doy de esposa.
Tu Ardenia."

TRISTÁN: ¿Qué le dices al papel?
PERSIO: Digo, Tristán, que mañana
    cumpliré de buena gana
    lo que ordena Ardenia en él.
TRISTÁN: ¿Cómo?
PERSIO: Mañana he de ser
    hermano de la que adoro,
    y ella, su casa y tesoro
    han de estar en mi poder.
        Yo ¿no soy recién venido
    A esta corte? Pues di, ¿quién
    fingir puede esto más bien,
    o ser menos conocido?
        ¡Vive Dios, que he de engañalla,
    Tristán, con su mismo engaño
TRISTÁN: Es atrevimiento extraño.
PERSIO: Sígueme, ayúdame y calla.
TRISTÁN: él es mucho aventurar.
PERSIO: ¿Yo no tengo este papel
    della firmado? Pues él
    de todo me ha de sacar.
        Tres mil ducados tendré
    de renta desde mañana;
    y de mi querida hermana,
    si puedo, al fin gozaré.
TRISTÁN   ¿De modo que, a buena cuenta,
    este papel te ha valido
    gozar de la que has querido,
    y gastar tres mil de renta?
        ¡Oh más que santo papel,
    que escribió un ángel hermoso!
    ¿Cuál fue el papel venturoso

Que diste al galán por él?
PERSIO: Verélo; pero seguro
          puedes tener confïanza
          de que no ha sido libranza.

Recorre los papeles de la faltriquera

TRISTÁN: Ni privilegio de juro.
PERSIO: ¿Sabes cuál era? Un romance
          en que a Montano escribía
          la historia de Celia y mía.
TRISTÁN: Suma el recibo y alcance.
          El poeta eres primero
          que por coplas enriquece.
          Mas ¿sabes qué me parece?
PERSIO: ¿Qué?
TRISTÁN: Que llevas mal agüero
          en que principio haya dado
          a este caso la poesía.
PERSIO: Calla, necio: ¿en la porfía
          del vulgo ignorante has dado?
TRISTÁN: Llegado nos ha al mesón
          La plática sin sentir.
PERSIO: Esta noche no hay dormir.
TRISTÁN: ¿Pues qué?
PERSIO: Estudiar la lición.
TRISTÁN: ¿Qué lición?
PERSIO: Este papel
          de memoria has de tomar;
          que mañana se ha de dar
          a mi padre cuenta dél.
TRISTÁN: ¿Ya es tu padre?
PERSIO: Ya lo es,
          Y ya soy Arnesto yo.
TRISTÁN: ¿No Persío ni Julio?
PERSIO: No.
TRISTÁN: Con éste en seis meses, tres
          nombres ya mudado habrás.
          El uno, de Celia huyendo;

el otro, a Ardenia siguiendo.
PERSIO: Dudo en cuál acierto más.

Vanse. Salen ARSENO, SANCHO, y CELIA, con una
luz

ARSENO: Para venir descontento
de perder lo que tenía,
¿es bueno, por vida mía,
Celia, este recebimiento?
CELIA: ¡Y dar, es bueno también,
amargos días con celos,
Negras noches con desvelos
y con sospechas, a quien
con su hacienda os ha entregado
la libertad, como veis!
ARSENO: No muy de balde lo hacéis
con quien palabra os ha dado
de marido.
CELIA: ¿Y qué diez mil
ducados de renta gano
con alcanzar vuestra mano,
sino ese cuerpo gentil?
ARSENO: Pues si tan poco ganáis
en que yo la mano os dé,
la palabra os soltaré,
si también me la soltáis.
CELIA: Cuando veis que me he empeñado
¡eso de vos a oír vengo!
¿Conocéis que amor os tengo,
y arrojáisos confiado?
ARSENO: Pues si me tenéis amor,
sufridme, así Dios os guarde;
que venir un poco tarde
no es agora tanto error
para levantar tal fuego.
Idos, señora, a acostar;
que yo tengo que rezar,
y a veros entraré luego.

CELIA: (En celos mi pecho arde.) **Aparte**

Vase CELIA

ARSENO: ¿Entróse ya?
SANCHO: Ya se ha entrado;
          Pero por Dios que has andado
          --Y perdóname--cobarde. . .
            Si has de ir mañana a vivir
          con la que adorando estás,
          ¿Por qué, di, perdido has
          esta ocasión de reñir
            y descompadrar del todo?
ARSENO: Por Dios, que me ha acobardado
          ver que me tiene obligado
          Celia por tan noble modo.
            Tú sabes la gran pobreza
          con que a esta corte llegué;
          de Celia me enamoré,
          pagó mi fe con firmeza,
            dile de esposo palabra,
          y sólo sobre esa prenda
          me da su casa y hacienda:
          esto ¿en qué piedra no labra?
SANCHO: Pues ¿y Ardenia?
ARSENO: Ardenia, amigo,
          es el bien de mi memoria,
          es el centro de mi gloria
          y el claro norte que sigo.
SANCHO: ¿Ha de ser tu esposa?
ARSENO: Sí,
          aunque muriese por ella.
SANCHO: Pues, ¿y Celia?
ARSENO: Entretenella
          como lo hice hasta aquí.
            ¿Sabes ya lo que has de hacer
          Mañana?
SANCHO: Que he de alquilar
          dos mulas y he de buscar

dos maletas, y has de ser
 Arnesto, y vienes de Roma;
que eres hijo de Justino,
y de Roberto sobrino,
que del cardenal Coloma
 en el servicio murió.
ARSENO: Diestro estás; mas por ver muero
deste papel lo postrero
que mi Ardenia me mandó
 que estimase, por ser firma

Desdobla el papel

de su amor. ¡En verso viene!
¿Esta gracia también tiene
mi bien?
SANCHO: Su ingenio confirma.

Lee

ARSENO: "Oid, amigo Montano,
Los sucesos de un poeta. . ."

Sale CELIA, que se asoma a la puerta a espiar. Se quedan
ARSENO y SANCHO, sín verla

CELIA: (No sosiega el alma inquieta. **Aparte**
Ved si me recelo en vano.
 Un papel está leyendo.)
ARSENO: Ni estilo ni letra, amigo,
son de mujer.
SANCHO: Yo tal digo.
ARSENO: ¿Qué puede ser?
SANCHO: No lo entiendo.
CELIA: (Celos me dan cruda guerra.) **Aparte**
SANCHO: Lee algunos versos más.

Lee

ARSENO: "En seis meses que ha no más
            que Dios me trajo a esta tierra. . ."
SANCHO: Señor, el caso he entendido.
            allá dejaste el papel.
            Y éste tomaste por él.
ARSENO: Eso lo cierto habrá sido.
SANCHO: No importa, pues diestro estás
            en la traza que traía.
ARSENO: Lo postrero no sabía,
            que es lo que estimaba más.
CELIA: (¡Qué consultas! ¡Qué debates!)   **Aparte**
ARSENO: Amigo Sancho, ¿qué haremos
            para que el papel hallemos?
SANCHO: ¿Es hora que de eso trates?
CELIA: (Ya no lo puedo sufrir.) **Aparte**

Sale CELIA y se dirige a Arseno

Traidor, ¿son éstas las horas
en que rezas y en que adoras?

Quítale el papel

ARSENO: ¿Vuélvesme ya a perseguir?
CELIA: He de leer el papel,
            o la vida ha de costarme.
ARSENO: Si con eso has de dejarme,
            toma y abrásate en él.
            ¿Pensabas que era billete
            de dama?
CELIA: Yo lo veré.
SANCHO: Sin razón tu enojo fue.
CELIA: ¿Osaís hablarme, alcahuete?

Lee

"Oid, amigo Montano,
los sucesos de un poeta.
En seis meses que ha no más
que Dios me trajo a esta tierra.
Libre y descuidado andaba,
Cuando en Dios y en hora buena
Con una dama encontré. . ."
Arseno, ¿qué dama es ésta?
ARSENO: El papel lo dirá. Lee.

Lee

CELIA: "De buen talle, cara y prendas.
Al fin, toda me agradó."
Y tú, di, ¿agradaste a ella?
ARSENO: El papel lo dirá. Lee.

Lee

CELIA: "Informéme de quién era. . ."
Yo juro que no te quede,
Arseno, por diligencia.
"Y que era doncella supe. . ."
¿Qué se te da que lo sea?
Dále, como a mí, palabra.
ARSENO: Celia, por Dios, que estás necia.
¿Cómo sabes que soy yo
de quien este papel reza?
CELIA: El papel lo dirá. Leo.
"Y que era su nombre Celia."
ARSENO: ¿Cómo?
CELIA: ¡Pues ya anda mi nombre
en coplas, señor! ¿No vieras
que habiendo de ser tu esposa,
es bien que buen nombre tenga?
ARSENO: ¿No hay más Celias que tú?

CELIA: No,
        para Arseno no hay más Celias;
        y concurren muchas cosas
        para que negar no puedas.

SANCHO: Señor, ¿qué puede ser esto?
ARSENO: Un confuso mar me anega.

                    Lee

CELIA: "Sabe Dios que temblé todo
        a la palabra doncella;
        mas al fin acometí,
        que mi antigua maña es ésta."

Habla ARSENO aparte a SANCHO

ARSENO: Sancho amigo, vive Dios,
        que este papel es de Ardenia,
        que ha sabido ya esta historia,
        y así la venganza ordena.

                    Lee

CELIA: "Fui admitido, entré en su casa,
        rica, adornada y compuesta.
        ra su guarda una tía,
        Julia en nombre, en años vieja."
        ¿Hay más Celias que yo, Arseno?
        ¿Cómo agora no lo niegas?
        ¿No reza de ti el papel?
ARSENO: (¡Que así me castigue Ardenia!) **Aparte**

                    Lee

CELIA: "Era una vieja Creusa
             lo que llaman de honor dueña,
             criadas Celia y Dorísta,
             y el escudero Perea,
             un gato manso de Roma
             y una perrilla faldera."
             ¿También era fuerza darle
             cuenta de estas menudencias?
ARSENO: (¿Quién tan por menor habrá   **Aparte**
             informado de esto a Ardenia?)

                        Lee

CELIA: "A pocos días y lances
             Amor a los dos concierta
             a futuro casamiento:
             ¿Qué no hará quien desea?"
             ¿De manera que el deseo
             de gozarme os hizo fuerza,
             y no el merecerlo yo?
ARSENO: (¡Que Ardenia esto también sepa!)   **Aparte**

                        Lee

CELIA: "Dímonos los dos palabras,
             que son no costosas prendas,
             y para engañar las bobas,
             industriosas alcahuetas."
             ¡Bien descubrís vuestro pecho!
             ¿Y vos me vendéis nobleza?
             Al fin, ¿que habéis de engañarme?
             No ha de ser de esa manera;
             que hay Dios, leyes y justicia.
ARSENO: (¿Quién no pierde la paciencia?) **Aparte**
CELIA: ¿Este pago dan los hombres
             Tras de tantas obras buenas?

¿De esto sirve el regalaros
con mi casa y con mi hacienda?
Si mi honor os entregara,
¡buena quedara de necia!
ARSENO: ¿No dice más el papel?
CELIA: Sí dice; pero ¿qué enmienda
puede tener lo que ha dicho?

Quítale el papel ARSENO y lee

ARSENO: Deja que todo lo lea;
Que estoy loco, y quiero ver
Qué es lo que en el fin se encierra. . .
(Que por firma de su amor   **Aparte**
Estimar me mandó Ardenia.)

Lee

"Al fin, sobre mi palabra
me dio, lo que llaman ellas
su honra, y lo que solemos
llamar la flor los poetas."
¡Yo, Celia, no te he gozado!
Esto de otro dueño reza.
CELIA: En lo que mi queja fundo
¿quieres fundar tu defensa?
Si te alabas sin gozarme,
si me gozaras, ¿qué hicieras?
ARSENO: Bien lo riñes. Mas aguarda;
que va adelante la letra.

Lee

"En habiéndole gozado,
conocí la diferencia
que hay del dudoso deseo
a la posesión quieta.

Canseme, y a pocos días
;a dejé burlada y necia."
¡Yo, Celia, no te he dejado!
CELIA: Escribes lo que hacer piensas.

Lee

ARSENO: "Y para vivir seguro
de que me siga y me prenda,
me he mudado el propio nombre."
¿Yo he mudado el nombre, Celia?
Esto otras historias toca.
Ya cobro nuevas sospechas.
CELIA: En mi casa eres, Arseno,
y no sé si fuera de ella
te lo has mudado.
ARSENO: Bien dices.

Lee

"Y el que antes Persio era. . ."

CELIA: (¡Ay Dios!)   **Aparte**
ARSENO: Pues ¿qué Persio es éste
que colores diferencias?
CELIA: Si. . .
ARSENO: No tienes que alegar;
que ésta no es la vez primera
que de este Persio he oído
murmurar algo en tu ofensa.
Quien esto de sí sabía,
¿Con tan animosa lengua
me ofendía y agraviaba,
como si razón tuviera?
CELIA: Tú, falso, tú por dejarme
estos engaños ordenas.
ARSENO: ¿Que aún animas tus enredos?
Una mujer ¿qué no intenta?

PEREA: ¡Cuando ya los gallos cantan,
                 anda esta casa en pendencias!
                 ¿Qué es esto, Sancho? ¿Qué es esto?
SANCHO: Es el demonio, Perea.
                 Oíd y ved y callad.
PEREA: Eso me mandó mi abuela.

Lee

ARSENO: "Agora me llamo Julio.
                 Éstas son, señor, las nuevas
                 que os puede dar este amigo
                 de esta corte de Bohemia."
CELIA: (¡Ah Persio! ¿No te bastara   **Aparte**
                 hacerme sola una ofensa?)
ARSENO: Celia, quédate con Dios,
                 y haga el cielo que te veas
                 desde tu Persio vengada.
                 Yo no trato de mi afrenta;
                 yo te perdono mi agravio,
                 y sólo en su recompensa
                 te pido que desde aquí
                 ni me sigas ni me quieras.
                 Donde acaso me encontrares,
                 cual sí no me conocieras,
                 ni me mires con tus ojos,
                 ni me nombres con tu lengua.
CELIA: ¿Dónde te vas a estas horas,
                 Arseno? Señor, espera.
                 Hola, Perea, tenedlo:
                 No dejéis que abra las puertas.
SANCHO: En eso no se pondrá,
                 si quiere vivir Perea.
PEREA: Pues ve; que quiero vivir
                 Como si agora naciera.

JUSTINO: Vengáis muy enhorabuena,
            hijo de mi corazón;
            que llegáis con ocasión
            que aliviáis mucho mi pena.
                La muerte de vuestro tío,
            mi hermano, en el alma siento;
            pero vuélvela en contento
            el gozaros, hijo mío.

Sale ARDENIA

ARDENIA: ¿Que vino mi hermano Arnesto?
            Al cielo mil gracias doy.
PERSIO: (¡Cuán otro que piensa, soy!)   **Aparte**
TRISTÁN: (¡Aquí es Troya!)   **Aparte**
ARDENIA: Mas ¿qué es esto?
JUSTINO: Dale a tu hermana los brazos.
PERSIO: Hermana del alma mía,
            ¿posible es que llegó el día
            de gozar de estos abrazos?
ARDENIA: (¡Cuán otros los esperaba!)   **Aparte**

Sale INÉS

INÉS: ¿Que vino ya mi señor?
TRISTÁN: (Ya yo también tengo amor.)   **Aparte**
INéS: (Mas no es el que yo pensaba.)
                ¿Qué es esto, señora?
ARDENIA: Es
            lo que mi suerte ha ordenado.
            Mí hermano, que hoy ha llegado
            porque hoy me dañaba, Inés,
                menester es dar aviso
            a Arseno de lo que pasa.

INÉS: ¿Cómo o dónde, si su casa
             jamás declararnos quiso?
TRISTÁN: (Todo el mundo se entristece.)   **Aparte**
INÉS: Si él tardara más de un día
             otro hospedaje hallaría.
ARDENIA: Dios lo quiere así.
PERSIO: Parece
             que os habéis entristecido.
             Si es porque mal talle tengo,
             a ser vuestro hermano vengo,
             que no vengo a ser marido.
                Hasta aquí mí condición,
             hermana, no la sabéis,
             en sabiéndola, veréis
             que alegraros es razón.
                En mí no es de esa manera;
             que tal me habéis parecido,
             que mejor a ser marido
             que a ser hermano viniera.
JUSTINO: No te espantes, hijo Arnesto
             de lo que en tu hermana ves;
             que es condición, y en un mes
             no le veo alegre el gesto.
                Entra agora a descansar,
             y mientras otra se aliña,
             mi cama o la de esa niña
             reposo te pueden dar.
PERSIO: En vuestra cama será;
             que si no me da mi hermana
             la vista de buena gana,
             menos la cama dará.

Vase JJUSTINO

INÉS: Háblale; que algún indicio
             cobrará contra tu fama.
ARDENIA: Ardenia, su vista y cama
             están a vuestro servicio;
                y no os espante si así,

con ser mi hermano, me extraño;
porque para mí es extraño
lo que en mi vida no vi.

Vase

PERSIO: Bien lo entiendo.
TRISTÁN: ¡Bueno va!
     ¡Vive Dios que la han tragado!
PERSIO: ¿Ves como el haber hallado
     ventura en buscarla está?

Vase

TRISTÁN: ¿Oye, señora doncella?
     en mi amo a su señora
     le vino un hermano agora;
     en mí, ¿ qué le viene a ella?
INÉS: Paréceme que me viene. . .
TRISTÁN: ¿Qué le viene?
INÉS: Un majadero.
TRISTÁN: Por ser eso lo primero
     que me habla, perdón tiene,
       porque de los desposados
     la primera es necedad.
INÉS: ¡Desposados! En verdad
     que estábamos remediados.
          ¿No ven qué honrado marido?
TRISTÁN: ¿Oye? En tocándome en eso,
     saldré de medida y seso.
     mas yo la culpa he tenido;
       que si yo no me abatiera
     y a una vil mozuela hablara,
     ni se me desvergonzara,
     ni el respeto me perdiera.
          Mas no sabe quién yo soy.
INÉS: ¿Qué más que un crïado eres?
TRISTÁN: Poco sabéis las mujeres.
     Mas por ser crïado, ¿estoy

de la estimación privado?
INÉS: ¿Qué la quita si es o no?
TRISTÁN: Y el que a todos honra dio,
        que fue Adán, ¿no fue crïado?
INÉS: ¡Qué gracioso desvarío!
TRISTÁN: Pero dejando esto, dama,
        ¿tenéis aliñada cama
        al cansado cuerpo mío?
INÉS: Una os tengo acomodada.
TRISTÁN: Si es la vuestra, sí será.
INÉS: A tal señor mal vendrá
        la cama de una crïada;
        mas yo por fiadora salgo
        de que os ha de venir bien
        ésta que os prevengo.
TRISTÁN: ¿Quién
        dormir suele en ella?
INÉS: Un galgo.

*Vanse. Salen **ARSENO** y **SANCHO**, de camino*

SANCHO: Al fin ello se ha de hacer.
ARSENO: Echada la suerte está.
SANCHO: A la puerta estamos ya.
        Alto; toco a acometer.
ARSENO: ¡Nombre de Dios! Imagino,
        por las señas, que es aquí.

*Sale **TRISTÁN***

TRISTÁN: ¿Quién llama? ¿Quién está ahí?
ARSENO: ¿Vive aquí el señr Justino?
TRISTÁN: Aquí vive.
ARSENO: ¡Gloria a Dios!
        ¡Oh casa, que lego a verte!
TRISTÁN: ¿Quién sois, que entráis de esa suerte?
SANCHO: Quien os puede echar a vos.
TRISTÁN: ¿Echar a mí?

JUSTINO: Pues, ¿qué es esto?
ARSENO: ¡Padre y señor de mi vida!
         Dadme es mano querida.
JUSTINO: ¿Quién sois vos?
ARSENO: Vuestro hijo Arnesto.
JUSTINO: ¿Cómo?
TRISTÁN: (Trístán, ¿qué aguardáis? **Aparte**
         Quiero avisar a mi amo.)

Vase

ARSENO: ¿Cómo, cuando padre os llamo,
         de esta suerte os extrañáis?
           Si os enojáis, padre mío,
         porque sin licencia vengo,
         llana la disculpa tengo
         con la muerte de mi tío.
           Murió Roberto, y por eso. . .
JUSTINO: ¿Estáis loco?
ARSENO: ¿Ya debiera
         un hijo de esta manera
         recebido. . .
JUSTINO: Pierdo el seso.

Salen PERSIO y TRISTÁN

PERSIO: ¿Sois vos, señor, por ventura,
         Arnesto el recién venido?
ARSENO: Yo soy.
PERSIO: ¿Y qué os ha movido
         a emprender tan gran locura?
ARSENO: ¿Quién sois vos, que de esa suerte
         me habláis en mí casa a mí?
PERSIO: Arnesto soy, que nací,

traidor, para daros muerte.
ARSENO: Vos mentís, y en este acero
      veréis qué sangre lo mueve.

JUSTINO: Hijo, tente.
PERSIO: ¡A tal se atreve
      un embaidor embustero!

ARDENIA: ¡Ay triste de mí! ¿Que es esto?
ARSENO: Si mi padre no estuviera
      de por medio, yo os dijera
      si soy embaidor o Arnesto.
JUSTINO: ¡Es el Príncipe!

PRÍNCIPE: El rüido,
      pasando yo por ahí,
      me llamó. ¡Espadas aquí!
      ¡Desvergonzado! ¡Atrevido!
        Ya que a ésta cana cabeza
      el decoro le perdéis,
      viles, ¿no respetaréis
      esta divina belleza?
        Dad las armas. Viejo honrado,
      ¿esto pasa en vuestra casa?
JUSTINO: Esto, gran príncipe, pasa
      en casa de un desdichado.
        Oye y el cuento sabrás.

SANCHO: Señor, ¿qué habemos de hacer?
ARSENO: Ya se erró, no hay que escoger.
              Lo que el caso enseñe harás.
ARDENIA: Llégate a mí Arseno, Inés,
              Y con recato le di
              que ya que sucedió así,
              sufra y no diga quién es;
                que todo cuanto suceda,
              como él con vida quede,
              al fin remediarse puede
              si a mí la vida que queda.
PERSIO: Tristán, hoy has de mostrar
              cuánto por amarme pones.
TRISTÁN: Aunque muera, serán nones.
PRÍNCIPE: Caso digno de admirar.
JUSTINO: Veinte años que han pasado
              sin vello, cosa es bien clara
              que la imagen de su cara
              en mi memoria han borrado;
                y también como ha crecido
              de niño a hombre en la ausencia,
              de los dos la competencia
              determinar no he podido.
PRÍNCIPE: Es atrevimiento extraño
              de uno de los dos.

CLAUDIO: Señor,
              este hombre tiene amor
              a Ardenia, si no me engaño;
                que mil veces lo he encontrado
              paseando por aquí;
              y aunque antes nunca entendí
              esto que te he declarado,
                con lo que hemos visto agora
              mi cierta sospecha crece.

PRÍNCIPE: Y pues ella me aborrece,
               ¿quién duda que a éste adora?
                  Eso, Claudio, que has pensado
               es muy fácil de creer,
               que es galán, ella mujer,
               ciego amor, yo desdichado.
                  ¿Qué haré, que estoy sin seso?
               Estoy por darle la muerte.
CLAUDIO: Yo temo que desa suerte
               se empeore este suceso;
                  Que obligarás de este modo
               a Ardenia, si lo ha querido,
               a decir que es su marido,
               y perderásla del todo.
PRÍNCIPE: Claudio, aconséjame pues.
CLAUDIO: Escucha mí pensamiento.

A INéS

ARSENO: Que haré su mandamiento
               Responde a mi Ardenia, Inés.
SANCHO: Inés, por ti me he perdido.
PRÍNCIPE: Cuádrame tu parecer.

Vase CLAUDIO

JUSTINO: Fácil es, señor, saber
               duál de los dos ha mentido.
PRÍNCIPE: Eso está ya declarado;
               que el que esta noche llegó
               he visto otras veces yo
               en corte, y me han informado
                  de que es un loco de atar.
               Y así del remedio dél
               trato.

Sale CLAUDIO con un cordel

CLAUDIO: Aquí tienes cordel.
TRISTÁN: Tormento nos quieren dar.
PRÍNCIPE: Atad a ese loco presto.
ARSENO: ¡A mí! ¿Por qué tal rigor?
        Advertid, padre y señor,
        Que soy vuestro hijo Arnesto.
PRÍNCIPE: ¡Mirad si su tema dura!
SANCHO: ¡Arnesto, de esta manera

Atan a ARSENO

        nunca de Roma viniera
        para tanta desventura!
PRÍNCIPE: ¿Quién es éste?
TRISTÁN: Su crïado.
PRÍNCIPE: ¡Triste dél! Ataldo presto.
CLAUDIO: De su amo, según esto,
        la enfermedad le ha tocado.
TRISTÁN: Señor, pues ves lo que pasa,
        pon tu barba a remojar.
PRÍNCIPE: Estos dos has de llevar
        y entregarlos en la casa
        de los locos. El cuidado
        encarga de su salud.
TRISTÁN: ¡Qué cristiandad! ¡Qué virtud!

A CLAUDIO

PRÍNCIPE: Escucha.
ARDENIA: (Aún me he consolado   **Aparte**
        Pues va donde le veré
        y hacerle podré regalo.
PRÍNCIPE: Un saco muy roto y malo
        haz que a éste se le dé,
        y que lo pongan en parte
        que todo el mundo lo vea,
        porque esto en Ardenia sea

a que lo aborrezca parte.
CLAUDIO: Haré tu mandado. Andad.
ARSENO: Príncipe, un agravio tal
        no es de tu pecho real;
        mas valdrá al fin la verdad.

*CLAUDIO y algunos criados del PRÍNCIPE se
llevan a ARSENO y SANCHO*

PRÍNCIPE: Arnesto, vedme mañana;
        que esta noche pensaré
        algo que daros, con que
        regaléis a vuestra hermana.
PERSIO: El cielo guarde, señor,
        vuestra mano liberal.
JUSTINO: Es al fin mano real.
PERSIO: (El a Ardenia tiene amor.)   **Aparte**
PRÍNCIPE: Quedad, Ardenia, con Dios,
        y del hermano gocéis
        los años que merecéis.

Vase

ARDENIA: Para serviros a vos.
PERSIO: (En celos quedo abrasado.) **Aparte**
JUSTINO: Entraos, Arnesto, a acostar,.

ARDENIA: Inés, venme a desnudar.
TRISTÁN: (De buena hemos escapado. **Aparte**

Vanse

FIN DEL ACTO PRIMERO

<h1 style="text-align:center">ACTO SEGUNDO</h1>

Sale PEREA, y luego, CELIA

PEREA: ¡Jesús! ¿Quién creyera tal?
¡Ah pobres enamorados!
¡Cuán ciegos y despeñados
buscan el último mal!

Sale CELIA

CELIA: Perea, ¿de dónde bueno?
¿Qué hay de nuevo? ¿Habéis corrido
la ciudad? ¿Habéis tenido
rastro del traidor Arseno?
PEREA: Con razón lo habéis llamado
rastro, porque aunque lo hallé
a él mismo, de lo que fue
el rastro sólo ha quedado.
CELIA: Hablad claro.
PEREA: Ya me aclaro.
Digo que sé donde está
Arseno.
CELIA: Decildo ya.
PEREA: No sin causa me reparo,
Porque no son muy sabrosas
las nuevas que dél he hallado.
CELIA: Pues ¿qué son? ¿Hase casado?
PEREA: No más que con dos esposas.
CELIA: ¿Dos?
PEREA: Y está con ellas preso.
CELIA: ¿Luego no soy sola yo
a la que Arseno engañó?
PEREA: ¡Qué bien lo entendéis! No es eso.
CELIA: Pues ¿qué? No lo dilatéis.

PEREA: Sosegad el pecho inquieto;
           que donde está, yo os prometo
           que seguro lo tenéis.
CELIA: ¿Está muerto?
PEREA: Vivo y fuerte
           Está; no es ése su mal,
           mas otro tan general
           a todos como la muerte.
CELIA: ¡Qué flema, viejo, tenéis,
           cuando cólera rebozo!
           ¡Oh, muera yo con un mozo!
PEREA: Y aún con él vivir querréis.
CELIA: No quiero saberlo ya.
           Idos de aquí. ¡Qué pesado!
PEREA: Ya lo digo, aunque forzado.
           Arseno, señora, está
             adonde cuantos nacieron
           son llamados con razón,
           y los escogidos son
           los que menos merecieron;
             y estos escogidos pocos
           son en serlo desdichados,
           Porque viven encerrados
           en la casa de los locos.
CELIA: ¿Agora estamos en eso?
PEREA: Y en eso está Arseno agora.
CELIA: ¿Estáis sin seso?
PEREA: Señora,
           bien pudiera estar sin seso,
             pues que vi sin él a Arseno,
           de tosco sayal vestido,
           tras una reja oprimido,
           todo de prisiones lleno.
CELIA: ¿Qué decís?
PEREA: La verdad digo.
CELIA: ¿Burlaisos?
PEREA: No, por San Pablo.
           Cuando en cosas graves hablo,
           ¿suelo burlarme contigo?
CELIA: ¡Oh mal haya el que escribió,

Arseno, el papel que ha sido
la causa de haber perdido
vos el seso, y a vos yo!
   Salió de mi casa Arseno
lleno de rabia y pesar;
debióse el triste de andar
toda la noche al sereno;
   y de celos del suceso
del papel, de no dormir,
de imaginar y sentir,
perdió el desdichado el seso.
   ¡Mal haya tanto celar!
¡Ay de ti y ay de mí triste!
Mas mira bien si lo viste;
que te pudiste engañar.

PEREA: En vano remedios pones.
No me engañé; porque allí
también a Sanchillo vi
con su saco y sus prisiones.

CELIA: ¿Qué hay en mi mal que no crea?
¿Puedo yo velle y hablalle?

PEREA: Tan cerca está de la calle,
que nadie sin que lo vea
  por ella podrá pasar;
que yo por eso lo vi,
que pasando por allí,
acaso volví a mirar.

CELIA: ¿Cómo me detengo tanto?
Vamos, dadme el manto luego.

PEREA: ¡Ved si tiene tasa el fuego!

CELIA: ¡Hola! Acabad. Ese manto.

Vanse. Sale ARSENO, a una reja, con saco de loco.
Después SANCHO, [tambié con saco de loco]

ARSENO: Bien se echa de ver, fortuna,
Cuán ciega tus dones das,
pues al que merece más
te muestras más importuna.

          Bien se echa de ver, Amor,
        tu niñez y seso poco,
        pues que castigas por loco
        a quien te sirve mejor.
SANCHO: Triste vida es la de un loco,
        que está todo el día holgando,
        solamente imaginando.
ARSENO: ¿Trabájase en eso poco?
SANCHO: Solamente revolver
        pensamientos en su oficio,
        que al que tenga más jüicio
        bastarán a enloquecer.
           Y tú ¿qué piensas, señor?
        Mas puesto que loco estás,
        mis locuras pensarás.
ARSENO: Sí; que pienso en el amor.
SANCHO: Lleve el diablo el cieguecillo,
        hijo de vil ramera.
        ¿Tiénete de esta manera,
        y porfías en seguirlo?
           Al demonio es parecido
        el que vive enamorado,
        más perdido y más penado,
        y menos arrepentido.
ARSENO: ¿Qué me importa ya olvidar
        la causa, si el daño siento?
SANCHO: No dar a la causa aumento;
        que crece de imaginar.
           Da en pensar en otra cosa;
        y pues que locos estamos,
        una locura escojamos
        más útil y más gustosa.
           ¿Sabes qué tema sospecho
        que hará olvidar cualquier mal?
ARSENO: ¿Qué tema? Di.
SANCHO: Decir mal
        de todo cristiano a hecho;
           que puede un discreto dar
        mil jüicios, por tener
        licencia para poder

hartarse de murmurar.
     Por el Príncipe empecemos;
que, pues por locos nos dio,
de su mano nos firmó
la licencia que tenemos.
     Tras él su padre ha de ir,
luego todos los humanos;
sólo de los escríbanos
no me atreveré a decir.
ARSENO: ¡Ay, Sancho, que de mi mal
divertirme en vano quieres!
SANCHO: ¡Lleve el diablo a las mujeres. . .
y aun a quien las quiere mal!

Salen ARDENIA e INÉS, con manto

INÉS: ¿Veslo?
ARDENIA: Sí, y no me está bien
tan presto, Inés, encontrase;
que es muy cerca de la calle,
y cuantos pasan lo ven.
INÉS: Fácil lo remediarás
con el administrador.
SANCHO: Pues yo también tuve amor
a Inés. . .
INÉS: (¿Tuve amor no más?)   **Aparte**
SANCHO: Y vive Dios, que después
que padezco esta mancilla,
si no es para maldecilla,
no me he acordado de Inés.
INÉS: (¿Así, traidor? Pues callad,   **Aparte**
que vos me la pagaréis.)
ARSENO: Ojos, ¿qué es esto que veis?
Alma, decid la verdad.
ARDENIA: ¿Tan poco en mi fe te fías,
que dudas de esta fineza?
ARSENO: No dudo por tu firmeza,
mas por las desdichas mías.
ARDENIA: Todas las puedes creer,

y no que te falte yo,
ARSENO: Pues para mí, si esa no,
             ¿qué desdicha hay que temer?
ARDENIA: Ésta que pasando estás.
ARSENO: Ésta es gloria para mí;
             que los tormentos por ti
             deseo, mi bien, no más.
ARDENIA: ¡Ay, señor! que desta suerte
             causártelos no querría;
             mas es tal la dicha mía...
ARSENO: Di que es el no merecerte.
ARDENIA: El no haberme ya alcanzado
             prueba tu merecimiento.
ARSENO: Con ese mismo argumento
             no merecerte he probado,
               pues alcanzo el bien de verte;
             y es llano, porque ¿quién fuera
             tan dichoso que te viera,
             habiendo de merecerte?
ARDENIA: Tú, que para más pesar,
             a ambas cosas has llegado,
             porque de esta suerte el hado
             te tiene más que quitar.ARSENO: Atormente, alargue,
impida,
             quite, condéneme a loco;
             que todo, mi Ardenia, es poco
             si duran tu fe y tu vida.
ARDENIA: Infórmente mis intentos
             de mi fe, mas no los casos;
             que mi desdicha los pasos
             impide a mis pensamientos.
               Mi vida no es muy segura;
             que como solo el morir
             de ti me ha de dividir,
             témolo de mi ventura.
               Demás de que el verte así
             es insufrible tormento.
ARSENO: Mi bien, si así estoy contento,
             ¿Por qué te dueles de mí?
ARDENIA: ¿Cómo no ha de atormentarme

El caso de Arnesto?
ARSENO: En eso
          no te quejes del suceso,
          pues que pudiste avisarme.
ARDENIA: ¿Cómo, si yo no sabía
          tu casa, que por tu mal
          me has callado desleal?
ARSENO: Estar pudiera en espía
            a tu puerta o tu ventana
          quien me diera aviso de ello.
ARDENIA: Inés sola pudo hacello,
          y ésa desde la mañana
            hasta que entraste aguardó;
          llamóla entonces Arnesto,
          y aunque quiso volver presto,
          antes el mal sucedió.
            Al fin la desdicha mía
          todo lo supo ordenar,
          pues que pudo hacer llegar
          a Arnesto en tan fuerte día.
ARSENO: No te aflijas; que no mucho,
          Pues te veo, se ha perdido.
ARDENIA: En eso mi fe ha podido
          más que el hado con quien lucho.
ARSENO: ¿Cómo aquí a venir te atreves
          estando tan fresco el caso?
          ¿De tu hermano no haces caso?
ARDENIA: Eso y más e mi fe debes.
            Mi padre a misa salió,
          tras él a besar la mano
          al príncipe fue mi hermano,
          y tras él a verte yo;
            Aunque el tormento que saco
          de verte así es de tal suerte,
          que más quisiera no verte.
          ¡Tantos hierros, tanto saco!
SANCHO: Pues, Inés, ¿no nos hablamos?
          ¿De qué nace la hinchazón?
          ¿No te ha dado comezón
          el oír a nuestros amos?

Que yo te juro que a mí
me la ha dado de manera,
que a un loco amores dijera,
si no te tuviera aquí.
    Inés, ¿qué es esto? Después
que de este modo me tienes,
¡Me lo pagas con desdenes
y con berrinches, Inés!
    ¿No te dueles de este saco
que me han vestido por ti?
¿Todavía estás así?
¡Oh, lleve el diablo al bellaco
  que por tu amor se arresgó,
y de esta suerte se ve!
También yo enojarme sé.
Aguarde que la hable yo.
ARDENIA: Con el administrador
alcanzallo todo espero;
que si algo puede el dinero,
yo lo tengo, y tengo amor.
    Saldrás con la noche oscura
a verme; pero de día
tu vida importa y la mía
que prosigas tu locura.
    Aquí estarás regalado. . .
¿No lo has sido estos dos días?
Y en cuenta dos joyas mías
al mayordomo he envïado.
ARSENO: Bien se ha portado conmigo.
ARDENIA: Así te habrás de pasar
aasta que a más dé lugar
el Príncipe mi enemigo.
SANCHO: Pues ¿no me ruegas? ¿Qué es esto?
mas ya, Inés, ya te entendí.
El mozo anda por ahí
del recién venido Amesto.

CELIA, con manto, tapada; y PEREA

PEREA: ¿Veislo ya, señora?
CELIA: Sí,
          ¡y ojalá que no lo viera!
          ¡Ah traidor!
PEREA: Mas ¿si no fuera
          esta locura de ti?

A INÉS

ARDENIA: Cúbrete; que tiende el paso
          hacia acá esta rebozada.

A ARSENO

SANCHO: Celía es ésta.
ARSENO: Importa nada;
          que ya sabe Ardenia el caso.
CELIA: Lleguemos; que no hay cordura
          para poder sufrir esto.
SANCHO: (Acá viene. Ello habrá presto
          en todos harta locura.
CELIA: Dios guarde a vuesasmercedes.
ARDENIA: Y a vuesamerced.
CELIA: No pocos,
          según veo, son los locos
          a quien prenden estas redes.
            ¡A un furioso aprisionado
          tan en seso se visita!
          0 no es cuerda la visita,
          o no es loco el visitado.
            Dél lo visto me da indicio
          que fue fuerza enloquecer;
          porque, ¿a quién tanta mujer
          no le quitará el jüicio?

A ARDENIA

INÉS: Celos son éstos.
ARDENIA: Yo rabio.
INÉS: ¿Por qué callas?
ARDENIA: ¿Soy mujer
        baja para responder?
INÉS: Yo, si quieres. . .
ARDENIA: Cierra el labio.
CELIA: Mas lo que en este suceso
        me causa admiración, es
        que quieran dél más, después
        de haberle quitado el seso.
            Aunque si las ha engañado,
        como a alguna que yo sé. . .
ARSENO: Parad; que hasta aquí callé
        porque habéis de fuera hablado;
            mas ya decís que sabéis;
        y antes que lleguéis a erraros,
        será justo refrenaros;
        que temo que os despeñéis.

A ARSENO

SANCHO: Perdidos somos: gran tiento
        has menester en hablar;
        que Ardenia se ha de enojar.
ARSENO: ¿De qué, sí sabe este cuento?
            Celía, yo estoy admirado
        de ver que cara tengáis
        para hablar como me habláis
        tras el suceso pasado;
            mas vuestro proceder loco
        a darme a entender comienza,
        o que no tenéis vergüenza,
        o que me tenéis en poco.
            Y ¡ojalá que el no estimarme
        os mueva a que así me habléis,
        pues si en poco me tenéis
        estáis cerca de dejarme!
            Haceldo; que os está mal

45/97

seguir a un loco, ¡por Dios!
Válgame, Celia, con vos
este estado, este sayal.
   Dejadme: ¿qué pretendéis?
¿Déboos algo? Y si os debiera,
sólo estar preso pudiera;
ya lo estoy: ¿qué más queréis?
   Dejadme: a Persio seguid;
que os es más cierto deudor.

ARDENIA: (Celos le pide. ¡Ah traidor!)   **Aparte**
SANCHO: Has hablado como el Cid.
CELIA: Ni engaños ni fingimientos,
ni del papel la invención
han de impedir mi razón,
ni han de mudar mis intentos.
   Y si por cumplir acaso
con las que os han escuchado,
de ese modo habéis hablado,
yo os sabré atajar el paso;

CELIA: Ni engaños ni fingimientos,
ni del papel la invención
han de impedir mi razón,
ni han de mudar mis intentos.
   Y si por cumplir acaso
con las que os han escuchado,
de ese modo habéis hablado,
yo os sabré atajar el paso;
   que pues vos tan claro hablastes,
yo también claro he de hablar;
que a otra no habéis de engañar
del modo que me engañastes;
   que sabrán las que han oído
las culpas que me ponéis,
que palabra me tenéis
dada de ser mi marido.

ARDENIA: ¿Qué tengo que esperar más?
Vamos.
ARSENO: ¡Señora!. . .
ARDENIA: No creas
ni que ya jamás me veas,

ni que me verás jamás.
ARSENO: Vuelve, escucha. . .
ARDENIA: Indicio fuera
       de quererte perdonar.

ARSENO: ¿Por qué me quieres matar
       Sin oírme? --Vuelve, espera.--
          Celía, demonio, mujer
       vete, déjame. --Señora,
       vuelve.-- Vete, engañadora.
       ¿Qué esperas? ¿Qué hay más que hacer?
          Vete; que ya, fiera arpía,
       de la boca me has quitado
       el más sabroso bocado.
       ¡Ay, perdida gloria mía!

Vase

CELIA: Voyme, traidor, desleal,
       voyme, y os prometo a Dios
       de no acordarme de vos
       sino para haceros mal.
          Vamos.
SANCHO: Para no volver.
CELIA: En San Juan me dejaréis,
       Perea, y os volveréis
       a seguir esa mujer.
          Procurad velle la cara,
       y sabed su casa y nombre.

Vanse CELIA y PEREA

SANCHO: Si empieza a caer un hombre,
       hasta el postrer mal no para.

¡Buenos, Celia, nos dejáis!
¡Buenos quedamos por vos!
Presos, sin blanca y ajenos
De todo humano favor.
Pensaba yo que durara
la prisión como empezó,
al comer, cualque gallina,
al cenar, cualque capón.
Espantástenos la caza.
Perdió por vos mi señor
a Ardenia, y a vos por ella,
y a Inés por entrambas yo;
y ya nos será forzoso
comer la endeble porción
de un loco, que quien la vea
dirá que otra vez sirvió.
Comeremos hormiguillo,
mar donde nunca alcanzó
sólo un grano de avellana
el loco más nadador.
¡Luego habrá mudar camisa!
Ya me considero yo
hecho de aquestos ejidos
el ganadero mayor.
De todas estas desdichas
vos, Celia, la causa sois.
¡Plega a Dios, fiera celosa,
que no os lo perdone Dios.

Vase. Salen PERSIO y TRISTÁN

TRISTÁN: ¿Ya eres justicia, señor?
PERSIO: Ya soy justicia, Tristán.
TRISTÁN: Y según las cosas van,
presto serás la mayor.
    ¡Plega a Dios que años sin cuento
te dure tanta ventura!
que yo no juzgo segura
dicha con tal fundamento.

PERSIO: Calla. Atrévete a acabar.
              Ya que a emprender te atreviste,
              pues la mayor parte hiciste
              de la obra en comenzar.
TRISTÁN: Bien me atrevo; mas recelo
              cuando alzas torres al viento,
              como no es firme el cimiento,
              verlas todas en el suelo;
                 que de tu parte en engaño
              se fundan, pues descubierto
              quien eres, mira si es cierto
              que fabricas por tu daño;
                 pues el Príncipe, bien ves,
              si tanta merced te hace,
              que de amor de Ardenia nace,
              y mudable el amor es.
PERSIO: Todo puede prevenirlo
              buen ingenio y buen cuidado:
              mi engaño va bien fundado,
              nada puede descubrillo.
                 Cartas de Arnesto a Justino
              no pueden llegar jamás,
              pues tú siempre en casa estás
              a impedilles el camino.
TRISTÁN: Sí; mas si Arnesto viniera
              por ser ya muerto su tío,
              como escribe. . .
PERSIO: Al poder mío
              pienso que no se opusiera,
                 porque ¿de dónde tendría
              el dinero que conviene
              para el pleito, si el que tiene
              su padre está a cuenta mía?
                 pues no teniéndolo, ¿cúya,
              Tristán, la vitoria fuera?
TRISTÁN: ¿Y si él dineros trujera
              de Roma?
PERSIO: Aun no fuera suya;
                 que estoy informado y cierto,
              por las cartas que he leído,

de los negocios que ha habido
entre Justino y Roberto;
   y la letra contrahago
de Arnesto, que es un buen modo
de asegurarme.
TRISTÁN: Con todo,
Señor, no me satisfago;
   que es la verdad enemigo
muy fuerte. Y si a eso vinieras,
sospecho que no tuvieras
al Príncipe por amigo;
   que mal gusto le ha de hacer
el cuidado con que miras
por Ardenia, y la retiras
de donde la pueda ver.
PERSIO: Ya, Tristán, a Arnesto escrito
tengo, en nombre de su padre,
que estarse en Roma le cuadre;
con que esos lances evito:
   demás de que pienso dar
muy presto fin a este enredo,
Porque ya sufrir no puedo
tanto mudo desear.
   no puedo abstenerme ya
del agua estando sediento;
que es tanto más el tormento
cuando el bien más cerca está.
   Mil veces he acometido,
con la licencia de hermano,
sólo a tocarle la mano
y ninguna me he atrevido.
   Así mis glorias limita,
Tristán, el amor crüel,
y aquella licencia que él
me debiera dar, me quita.
   Así estoy de amor y miedo
como al que soñar sucede
con el toro, que ni puede
moverse ni estarse quedo.
   Pues descubrirle quien soy

y mi afición, es perderme;
que es forzoso aborrecerme,
pues causa a sus penas doy.
TRISTÁN: Tiempo, lugar y ventura
muchos hay que la han tenido,
pero pocos han sabido
gozar de la coyuntura.

   Quien el dolor que padece
ha dicho a su dama bella,
si una Ocasión se le ofrece
y no se atreve a cogella,
no tener otra merece;
   mas quien, como tú, procura
mover una peña dura
que ha de extrañar tu intención,
aguarde con la Ocasión
tiempo, lugar y ventura.
   Regálala francamente;
que con la más rica es
el dar un medio valiente,
en requebrarla cortés,
en servilla diligente;
   y después que le hayas sido
amante, galán, marido
mejor que hermano, has de usar
de una traza que en amar
muchos hay que la han tenido.
   Cuéntale una y otra historia
de Amor, que lleve encubierta
su dulzura, gusto y gloria;
que el apetito despierta
de estos bienes la memoria.
   De este modo entra Cupido;
a esta traza has de ir asido.
Muchos alcanzar pudieran,
si el orden guardar supieran;
pero pocos han sabido.
   Tras de la historia de amor
meterás la deshonesta,

que le dé un lascivo ardor;
que en la materia dispuesta
entra la forma mejor.
   Y si en la plática dura,
detenida en su dulzura,
por más que a lo honesto excedes,
¡allí es Troya! Entonces puedes
gozar de la coyuntura.

PERSIO: Diestro estás: por Dios, que invidio
Lo que de arte de amar sabes.
TRISTÁN: Ni me invidies ni me alabes,
Sino al ingenioso Ovidio,
   de quien lo dicho aprendí;
que, aunque en servir he parado,
mi latincillo he estudiado.
Mas Ardenia viene aquí.
PERSIO: Escóndete donde veas
si sigo bien tu lición;
que hoy tendrá fin mi pasión.
TRISTÁN: Mira que prudente seas;
   que entrar su padre podría,
y fuere un trance crüel.
PERSIO: Si entrare, en este papel

Muéstrale uno

fundo la disculpa mía.

*Vanse y escóndanse detrás de una
cortina. Sale ARDENIA*

ARDENIA: (Quien tiene amor mal sosiega, **Aparte**
y menos quien da en celar,
y menos quien a tocar,
cual yo, un desengaño llega.)
PERSIO: Señora. . . Ardenia. . . ¿Qué es esto?

(¿Qué dudo? ¿Qué hay que temer?   **Aparte**
¿No soy hombre? ¿No es mujer?
¿No me tiene por Arnesto?
    ¿Qué hay que esperar?)
ARDENIA: (Ay, Arseno, **Aparte**
cuán injusta pena llevo!)

A TRISTÁN

PERSIO: ¿No es bueno que no me atrevo
        a llegar, Tristán?
TRISTÁN: No es bueno.
        ¿Eres potro de Gaeta
        más cobarde cada día?
PERSIO: Crece más la cobardía
        cuanto más amor me inquieta.

A ella

        Hermosa hermana, ¿qué hacéis?
ARDENIA: ¿Yo? Nada.
PERSIO: ¿En que imagináis?

ARDENIA: En nada.
PERSIO: Pienso que estáis
        triste, hermana.
ARDENIA: ¿En qué lo veis?
PERSIO: En esas cortas respuestas
        y ese semblante severo;
        y aunque os doy lugar primero
        entre las damas honestas,
          casi llego a sospechar
        que os da pena este tirano
        de Amor.
ARDENIA: ¿Es celarme, hermano?

PERSIO: Es sentir vuestro pesar,
             bella Ardenia, hermana mía,
             porque no sé qué otra cosa
             a una dama tan hermosa
             puede dar melancolía;
                porque si cosas queréis
             que el dinero alcanzar pueda
             nada en gozallas os veda,
             pues por vuestro me tenéis.
                pues de sangre, de belleza,
             de gracia y de discreción,
             cosas que debidas son
             sólo a la naturaleza,
                no sois tan pobre, que en nada
             invidiosa de otra estéis;
             antes pienso que podéis
             ser de todas invidiada.
                Y así saco, Ardenia hermosa,
             por forzosa consecuencia
             que es de amor esa dolencia.
ARDENIA: No me faltaba otra cosa.
PERSIO: Si ésa te falta, imagina
             que serás discreta mal;
             que es fuego Amor, que el metal
             dél entendimiento afina.
                Conmigo es el argumento
             que tiene fuerza mayor,
             que quien tiene mucho amor
             tiene mucho entendimiento.
                ¿Qué sutilezas no enseña
             el Amor, qué discreciones,
             qué agudezas, qué invenciones,
             a un rudo, a un bruto, a una peña?
                ¿Quién en fiestas y torneos
             entre todos se señala,
             sino el amante que iguala
             las obras con los deseos?
                En los brutos animales,
             si en ello adviertes, verás
             de lo que oyéndome estás

mil evidentes señales.
TRISTÁN: (¡Qué bien sigue mis licíones!) **Aparte**
PERSIO: ¿Dónde hay más dulces despojos
que un mirarse, y por los ojos
leerse los corazones?
   ¿Dónde hay el bien de un favor
en recibirse y en darse?
¿Un celar, un enojarse,
un reñir de puro amor?

Tómale la mano

   ¿Un juntar palma con palma
y los dedos entre sí
trabados, decirse así
dos mil requiebros del alma?
  ¡Dulce bien, grata alegría!
¡Oh! ¡Quién con términos claros
pudiera significaros
lo que siente el alma mía!
  Que como esta mano veis
que está en vuestra mano bella,
viérades mi alma en ella,
pues en ella la tenéis,
   viérades cómo en el pecho
secreto me martiriza
tanto fuego, que en ceniza
me tiene todo deshecho.
  Pues no será sinrazón
que con la nieve que toco
tiemble por la boca un poco
el fuego del corazón.

Bésale la mano

ARDENIA: ¡Jesús! ¿Son veras?
PERSIO: ¿Por qué
no lo han de ser? Veras hablo.

ARDENIA: ¡Ay, Dios!, ¿si le tienta el diablo?
TRISTÁN: (Más sabe que le enseñé.)   **Aparte**
ARDENIA: Suelta la mano.
PERSIO: Sería
       de jüicio poco sano,
       teniendo el bien en la mano,
       soltarlo, señora mía.
ARDENIA: ¿Estás loco?
PERSIO: Loco estoy.
ARDENIA: ¿Qué intentas?
PERSIO: Dame esos brazos.
ARDENIA: Primero me harás pedazos.
       ¿Sabes que tu hermana soy?

Suelta la mano

PERSIO: No entiendes el fin que llevo.
       Sé que eres hermana mía;
       mas ser mi dama fingía.
       (A aclararme no me atrevo.)   **Aparte**
ARDENIA: A fe que estuve turbada.
PERSIO: Haz, Ardenia, lo que hicieras
       si tú la que adoro fueras
       o esquiva o enamorada,
        lo que tú escogieres.
ARDENIA: Bien,
       deja eso.
PERSIO: ¿El esquivo modo
       tomas? Pésame; que todo
       se irá en vencer tu desdén.
        Mas vaya.
ARDENIA: No hay que cansarte;
       que no quiero ser tu dama.
PERSIO: ¿A quien como yo te ama,
       tan dura podrás mostrarte?
        ¿No conoces, gloria mía,
       que a un amor tan excesivo
       no es bien mostrar pecho esquivo,
       siquiera por cortesía?

ARDENIA: Digo que no quiero ser
           tu dama.
PERSIO: El amor ofendes
           más leal.
ARDENIA: ¡Si no me entiendes!
TRISTÁN: (Si no te quiere entender.)   **Aparte**
PERSIO: La fe más firme desechas
           que vio jamás el Amor
           y el más constante amador
           que empozoñaron sus flechas
             si la afición que te muestro
           pagaras, señora mía,
           ¿qué bien el mundo tendría
           que igualase con el nuestro?
             Si te esquivas de esa suerte
           por mi poco merecer,
           sabe que está por nacer
           quien haya de merecerte.
             Y si alguno ha de alcanzarte
           de cuantos por ti padecen,
           entre los que no merecen,
           nadie me iguala en amarte.
             Mas de amor tan excesivo,
           hermosa esquiva, confieso

Bésale la mano

           Que en esta mano que beso,
           sobrado premio recibo.
             ¡Pues qué si con lazo estrecho
           juntando a tu pecho el mío,
           venciese tu hielo frío
           con el fuego de mi pecho!

Vala a abrazar

ARDENIA: Arnesto, aparta. ¿Qué intentas?
           ¿Son veras éstas? Desvía.

PERSIO: ¡Oh qué bien, hermana mía,
            una esquiva representas!
                Resiste, Ardenia querida,
            no con muy firme desdén;
            mas resiste como quien
            se huelga de ser vencida.
ARDENIA: Deja ya ese antojo vano.
PERSIO: Que no es vano, mi bien fío,
            puesto que es del amor mío
            el objeto soberano.
ARDENIA: (El hilo vuelve a tomar. **Aparte**
            No hay quien lo saque de amor.)
PERSIO: Al paso de tu rigor
            va creciendo en mí el amar.
ARDENIA: (¿Cómo le podré decir   **Aparte**
            que el disgusto que le enseño
            no es fingir que le desdeño,
            mas no querello fingir?)
                Digo, Arnesto, que no quiero
            tratar de esto.
PERSIO: ¡Tal rigor!
ARDENIA: Que no quiero ser tu amor
            fingido ni verdadero.
PERSIO: Bien excedes en dureza
            a las más duras mujeres,
            pues ni aun fingiendo me quieres
            pagar mi extraña firmeza.
ARDENIA: ¿No me entiendes?
PERSIO: Bien te entiendo. . .
            (Mas no te quiero entender.)   **Aparte**
            Dices que no quieres ser
            amor mío, ni aun fingiendo;
                y no sé tan bella dama
            por qué ha de ser tan crüel,
            ni en la boca de la miel
            nacer la amarga retama.
                Mas un abrazo, mi bien.
ARDENIA: Aparta. Mal me conoces.
            Mira que daré mil voces.
PERSIO: Eso es muy propio también;

               mas fuera bien que dijeras
               "daré mil voces," sin dallas,
               porque pueden escucharlas
               y pensar que son de veras.
ARDENIA: Y pensarán lo que es;
               que de estas cosas no gusto,
               ni siendo mí hermano, es justo
               que estas liciones me des.
PERSIO: Y si no fuese tu hermano
               yo sino un firme galán
               que por ti muero, ¿serán
               estas liciones en vano?
                 Si hubiera fingido yo
               ser tu hermano, y no lo fuera,
               Ardenia, ¿esperar pudiera
               que me quisieras, o no?
                 Dime, ¿parézcote bien?
               ¿Mi modo te satisface?
               ¿Mi talle y rostro te aplace,
               y mí condición también?
ARDENIA: (¡Válgame el cielo! ¿Qué es esto?   **Aparte**
               Casi por creer estoy
               que no es Arnesto; mas hoy
               sabré si es galán o Arnesto.)
PERSIO: Habla.
ARDENIA: (Yo lo he de engañar.)   **Aparte**
               Digo que si tú no fueras
               mihermano, señor, pudieras
               que yo te amase esperar;
                 que esa gentileza y cara,
               ese talle y discreción
               y apacible condición
               ¿a qué peña no obligara?
                 Yo te confieso, señor,
               que mil veces te he mirado
               y dicho, "¡Ojalá que el hado
               así me diese el amor!"
PERSIO: Pues si quiso conformar
               el cielo nuestros intentos,
               vayan fuera fingimientos.

¿Qué tengo más que esperar?
    Señora, no soy tu hermano;
que aunque a gran dicha tuviera
serlo, gran desdicha fuera
perder lo que agora gano.
    Mi gloria, tu amante soy.
Ya pongo en tus manos bellas
mi vida y honor. Por ellas
he de ser o no ser hoy.
    No porque soy forastero
te estará mi sangre mal;
que donde soy natural
soy notorio caballero.
    Deeto te satisfarás,
Ardenia, cuando tú quieras.
Dame esos brazos: ¿qué esperas?
Dentro de casa tendrás
    entre tanto a tu galán,
con que de tu edad florida
goces, Ardenia querida,
sin temer el qué dirán.
    Dame, vida por quien muero,
las primicias de mi amor.
ARDENIA: Detente. Aparta, traidor.
PERSIO: Acaba.
ARDENIA: Tente, embustero.
PERSIO: ¿Para qué fingiendo vas
contra lo que has confesado?
Ya, mi bien, me he declarado
y tú declarada estás.
    No tengo ya que temer;
aguardar fuera ignorancia.
ARDENIA: Es muy larga la distancia
desde el decir al hacer.
PERSIO: La lengua siempre interpreta
lo que siente el corazón.
ARDENIA: Tal vez declara intención
contraria de la secreta.
    Por saber si eras Arnesto,
Aquello fingí, traidor.

Da voces

   ¡Padre! ¡Señor! ¡Ah Señor!
PERSIO: (En gran peligro estoy puesto.) **Aparte**
ARDENIA: ¡Así, traidor, embustero!. . .
TRISTÁN: (El viejo viene. Esta vez **Aparte**
  nos han de apretar la nuez. . .
  pero remediallo espero.)

Llégase a ellos

   Famoso el picón ha estado.
ARDENIA: ¡Picón!
TRISTÁN: Yo digo, señora,
  que eres sabia; mas agora,
  vive Dios, que la has tragado.

Sale JUSTINO, quedándose a la puerte

JUSTINO: (A Ardenia escucho alterada.) **Aparte**
ARDENIA: Malas burlas son, Arnesto.
TRISTÁN: Mi señor viene.
JUSTINO: ¿Qué es esto,
  muchachos?
PERSIO: Señor, no es nada.
  De entre hermanos son pendencias.
JUSTINO: ¿Sobre qué?
PERSIO: Ahí fue una porfía. . .
  ¿Qué es cansarte? Es niñería.
  Todas son impertinencias.
JUSTINO: Vete, niña, a tu labor.
ARDENIA: (Mi sospecha se ha aumentado.) **Aparte**

Vase

PERSIO: Si la causa te he callado
            de esta pendencia, señor,
              ha sido porque mi hermana
            no se despeche, sabiendo
            que no sólo yo lo entiendo;
            mas te digo que es liviana.
              Mas si palabra me das
            de hacerte de ello ignorante
            con ella, un caso importante
            al honor nuestro sabrás.
JUSTINO: Di; que callar prometo.
PERSIO: éste en la manga tenía;
            yo quitársela quería;

Saca el papel

            resistióme, y en efeto
              se lo quité. Mira en él
            si nuestro honor ha ofendido,
            porque noticia he tenido
            que es de un galán el papel.

Lee

JUSTINO: "Con tu papel, gloria mía,
            fue mi contento de suerte,
            que como un pesar da muerte,
            pensé morir de alegría.
            Pase el casi eterno día;
            llegue la noche, en que veo,
            según en tu papel leo,
            que para hablarte hay lugar;
            que iré, si en, tanto esperar
            no me mataré el deseo.

            --Tuyo."
PERSIO: ¿Qué dices señor?
JUSTINO: Que es mujer tu hermana, Arnesto,

                    y ¡ay de aquél que tiene puesto
                    en una mujer su honor!
PERSIO: Si tú me hubieras creído
                    no corriera a nuestra cuenta
                    esta liviandad y afrenta,
                    sino a la de su marido.
JUSTINO: Otra vez he dicho ya
                    que a nuestro Príncipe es justo
                    no dalle tan gran disgusto,
                    porque de amor ciego está.
                       Esto fue mientras creía
                    que mi honor no peligraba
                    y que tu hermana miraba
                    como yo por la honra mía;
                       mas ya, Arnesto, que la veo
                    tan cerca de ser perdida,
                    aunque se pierda la vida,
                    dar vida al honor deseo.

           *Salen ARDENIA e INéS, escondídas tras
                         una puerta*

ARDENIA: Lo que entre los dos platican
                    escuchemos desde aquí;
                    que las sospechas en mí
                    por puntos se multiplican.

                *[TRISTÁN le habla a PERSIO al
                         oído*

TRISTÁN: Señor, ¿en qué has de parar?
                    ¿Dónde va tu pensamiento?
PERSIO: Presto verás lo que intento.
                    Conmigo la he de casar.
JUSTINO: Pues ¿quién te parece a ti,
                    de los mozos de la corte,
                    que para este caso importe?
PERSIO: Un forastero está aquí,

que es principal, es altivo
y es prudente, aunque es mancebo:
su nombre es Persio, y le debo
no menos que el estar vivo.

INÉS: Así se llamaba aquél
de quien Arseno pidió
celos a Celia.

PERSIO: Al fin yo
quisiera casar con él
a mi hermana. . .

ARDENIA: (Muerta soy.) **Aparte**

PERSIO: ...porque sé que no le pago,
si lo que digo no hago,
la obligación en que estoy.
    Demás de que es conveniente
al recato que tenemos;
que al Príncipe le diremos
que es un cercano pariente;
    que no siendo conocido,
será fácil de creer,
lo que no pudiera ser
si fuera de aquí el marido.
    ¿Qué dices?

JUSTINO: Que es singular
en todo tu entendimiento.
Trátalo luego.

PERSIO: Al momento
a Persio voy a buscar.

Vase JUSTINO

TRISTÁN: Señor, yo no lo entiendo.
PERSIO: Oye la traza:
He de decir que Persio se ha partido
a su tierra, y que yo voy a alcanzarlo.
Iréme así a mi patria, donde en nombre
de Persio, pues lo soy, ante escribano
a Justíno enviaré poder bastante
para que con mi Ardenia me despose.

                  Vendré, descubriréme y gozaréla.
ARDENIA: (¿Qué hablarán en secreto?)   **Aparte**
TRISTÁN: Mucho alcanza
        quien ama.
PERSIO: Hoy salgo de un confuso abismo.
TRISTÁN: Hoy eres el tercero de ti mismo.

Vanse PERSIO y TRISTÁN. Salen ARDENIA e INÉS

INÉS: ¿De qué es el llanto, señora?
ARDENIA: Cuando tales cosas ves,
            ¿A quien tiene amor, Inés,
            le preguntas de que llora?
INÉS: ¿Tienes amor todavía
            a Arseno?
ARDENIA: ¡Qué necia estás!
INÉS: Juraste no verle más,
            por lo de Celia, aquel día.
ARDENIA: Jurélo; mas en aumento
            el amor va de hora en hora.
INÉS: Pues si crece amor, señora,
            Da remedio a tu tormento.
                Cásate con él: ¿qué esperas?
ARDENIA: ¿Cómo, Inés? ¡Con un traidor,
            que a otra mujer tiene amor!
INÉS: Celosa lo consideras.
                Si primero a Celia amó
            que viniese a conocerte,
            y luego que llegó a verte,
            a Celia por ti olvidó;
                si ella lo sigue amorosa,
            y él desdeñoso resiste,
            como tú misma lo viste,
            sin razón estás quejosa.
ARDENIA: Bien has dicho. Ya revoco
            mi sentencia. Quiero verlo.
INÉS: Es verdad que para hacerlo
            habías menester muy poco.
ARDENIA: Para el administrador

quiero escribir un papel.
INÉS: ¿Y qué has de decir en él?
ARDENIA: Que al que causa mi dolor
          deje esta noche venir
       a verme, y le llevarás
       un presente.
INÉS: Bien harás
       en eso.
ARDENIA: Voy a escribir.

Vanse

FIN DEL ACTO SEGUNDO

ACTO TERCERO

Salen el PRÍNCIPE, CLAUDIO, y ROBERTO

CLAUDIO: Toda la noche, señor,
triste has andado. ¿Qué es esto?
Si deseas, ¿quién podrá
cumplir mejor sus deseos?
Si tienes sospechas, ¿quién
las puede aclarar más presto?
¿Quién dar muerte a quien le ofende,
si por dicha tienes celos?
PRÍNCIPE: Ya es tiempo de declararos,
amigos Claudio y Roberto,
la causa de mi tristeza
y de tantos sentimientos.
Ya sabéis que ha tiempo largo
que de amor de Ardenia muero,
y que cada día estoy
de ser querido más lejos;
pues tras esto ha dado agora
su hermano, ese ingrato Arnesto,
en quitarla de mis ojos
y en impedir mis deseos.
Después que él de Roma vino,
en vano a su casa vengo
mil veces, pues que ninguna
mi querida Ardenia veo.
CLAUDIO: No sé yo de qué te quejas,
teniendo la culpa de ello,
en no haber ejecutado
por fuerza ya tus deseos;
que anque Ardenia es principal,
mucho honor ganara en ello.
PRÍNCIPE: Que me quiera es mi intención,
del modo que yo la quiero.

Si la fuerzo, perderá
amor su mejor efeto;
y pues para enamorarla
el verla ha de ser el medio,
y éste me impide su hermano.
Esta noche muera Arnesto.
Los dos lo habéis de matar
en el oscuro silencio
de esta noche. Ved que os fío
un caso de tanto peso;
ya sabéis cuánto me va
de gusto y aun honra en ello.
Haceldo como debéis,
y quede a mi cargo el premio.

CLAUDIO: Para dar la muerte a un hombre,
¿has menester ofrecernos
premio? Dame que él parezca;
que yo te lo daré muerto.

PRÍNCIPE: Ya le dije que esta noche
viniese solo a este puesto
a esperarme hasta las doce,
y si dentro de este tiempo
al puesto yo no llegase,
no esperase más. Ya entiendo
que son las doce.

CLAUDIO: Ya cantan
maitines en los conventos.

PRÍNCIPE: Pues ya es forzoso que venga
a la calle: esperaréislo,
y haréis lo dicho; que yo
no me quiero hallar en ello;
que si sale por ventura
o llega gente al suceso,
no quiero ser conocido.

CLAUDIO: Los dos te le mataremos.

Vase el PRÍNCIPE

ROBERTO: ¡Ved en qué término va

esta privanza de Arnesto!
CLAUDIO: Es propio bajar más presto
             quien más levantado está;
             mas tratad de apercebir
             la espada.

Salen ARSENO y SANCHO, de noche

ARSENO: Aquí has de quedar,
             y si alguien viene, avisar.
SANCHO: Ya sé que me he de dormir;
             pero si la puerta ves
             abierta, avisarme has;
             que una palabra no más
             quiero entrar a hablar a Inés.
ARSENO: Di cuál, porque a ti te toca
             velar esta noche fuera.
             Yo se la diré.
SANCHO: Quisiera
             ponérsela yo en la boca.
ARSENO: Quédate y haz lo que digo.
             No me repliques.
SANCHO: Ya callo.

Vase

ARSENO: ¡Gracias a Dios que me hallo
             a vista del bien que sigo!

A ROBERTO

CLAUDIO: A la puerta se ha parado
             de Justino.

ROBERTO: él es. Lleguemos.
CLAUDIO: Tente, espera. No matemos
             por yerro a algún desdichado.

Sepamos si es él. --¿Quién va?
ARSENO: (Del Príncipe es esta gente,   **Aparte**
        que celoso y diligente
        la calle guardando está.
           Con decir que soy Arnesto,
        la sospecha perderán,
        y la calle dejarán,
        por no descubrirse, presto.
CLAUDIO: ¿No responde?
ARSENO: No me obligan
        temores a responder;
        que yo soy quien puedo hacer
        que los dos quién son me digan.
           Que soy Arnesto.
CLAUDIO: Y es él
        a quien buscamos los dos.
        ¡Muera!
ROBERTO: ¡Muera!

Sacan las espadas y danle

ARSENO: ¡Aquí de Dios!
        Muerto soy. ¡Traición crüel!

Cae

CLAUDIO: Gente viene.
ROBERTO: Bien se ha hecho.
        Escapemos por aquí.

Vanse los dos. Sale SANCHO

SANCHO: Paz, hidalgos.
ARSENO: ¡Ay de mí!
SANCHO: Que éste es mi señor sospecho.
ARSENO: ¡Sancho!
SANCHO: ¡Señor!, ¿hante herido?

ARSENO: De una estocada a traición. . .
            Pienso que hasta el corazón
            cota y todo me han metido
            y en el rostro siento sangre.
SANCHO: Un cirujano o barbero
            buscaré.
ARSENO: Vamos, primero
            que del todo me desangre.
SANCHO: ¿Estás tú para venir?
ARSENO: Probaré.

Levantándole

SANCHO: Esfuérzate y vamos.
            ¡Ved para qué trasnochamos!
            Más nos valiera dormir.

Vanse. Salen CELIA, con manto y PEREA

PEREA: ésta es la casa.
CELIA: Ya pasa
            de medida mi dolor;
            que promete gran valor
            Señora, de tan gran casa.
            A Ardenia tengo de ver.
            Sola entraré; que con vos
            podrán conocerme.
PEREA: Adiós.

Vase. Salen PERSIO, de camino, y TRISTÁN

PERSIO: Ya sabes lo que has de hacer
            en esta ausencia.
TRISTÁN: Señor,
            no tienes que tener miedo,
            pues que yo velando quedo.

CELIA: (éste ¿no es Persio? ¡Ah traidor!   **Aparte**
              ¡Ved dónde vine a encontrase)
PERSIO: Mas ¿qué querrá esta mujer?
TRISTÁN: No tiene mal parecer.
CELIA: (Yo reviento: quiero hablalle.)   **Aparte**
              Persio vil, traidor, sin ley,
          sin cristiandad, sin honor,
          sin vergüenza, sin temor
          ni respeto a Dios ni al Rey,
              ¿pensabas, te persuadías,
          ....[-eras]
          vivir sin que al fin vinieras
          a pagar lo que debías?
              Aunque el nombre te mudaras
          ¿qué importa, si el rostro no?
          Aunque también se mudó,
          pues que tiene ya dos caras.
              ¿pensabas toda tu vida
          poderte de mí esconder?
          ¿No conoces el poder
          de una mujer ofendida?
              ¿De eso pensabas valerte?
          ingrato, ¿no consideras
          que aunque de mí te   escondieras,
          al fin te ha de hallar la muerte?
PERSIO: Oye, Celia.
CELIA: No hay que oír
          tras lo que he llegado a ver.
PERSIO: (Mucho grita esta mujer.   **Aparte**
          Quien soy ha de descubrir.)
              No des voces.
CELIA: La razón
          y verdad no tienen miedo,
          y así nunca hablaron quedo.
PERSIO: Confieso mi obligación.
              Yo pronuncio mi sentencia,
          Celia, y te quiero pagar.

**Sale *JUSTINO*, que se queda acechando desde la
puerta de su casa**

JUSTINO: (¿Qué será este vocear?
            Aparte
            Con Arnesto es la pendencia.
PERSIO: ¿Quieres más?
CELIA: Sí quiero más;
            que esa fácil confesión
            me da clara presunción
            de que engañándome estás.
PERSIO: Pues ¿qué quieres?
CELIA: Que me des
            mano de esposo primero
            que te partas.
PERSIO: Darla quiero;
            mas cuando partirme ves,
                ése es mucho apresurarte.
CELIA: ¿Qué menos priesa me dabas
            cuando me solicitabas?
PERSIO: Nunca yo quise estorbarte
                lo que te importase.
CELIA: Nada
            te puede tanto importar
            como casarte.
PERSIO: Lugar
            habrá tras esta jornada,
                que no se acaba hoy el mundo.
CELIA: Más que eso temiendo estoy;
            que empiezas engaños hoy.
PERSIO: En sola verdad me fundo.
                Luego mi esposa serás
            que vuelva, Celia, con vida.
CELIA: ¿Qué sé yo si es la partida
            para no volver jamás?
                Que eres, Persio, forastero.
            No me trates de partirte.

            Aparte PERSIO y TRISTÁN

TRISTÁN: (Temo que ha de descubrirte
          Celia.)
PERSIO: (Remediallo espero.)
          Celia, forastero soy,
          Y yo te lo dije así,
          porque, aunque dentro nací
          de la corte, donde estoy,
          desde niño muy pequeño
          siempre anduve fuera de ella;
          mas vecino soy en ella.
          De esta casa soy el dueño.
          De Bohemia soy justicia
          y del Príncipe privado.
CELIA: ¿Que ésta es tu casa? (En cuidado   **Aparte**
          me ha puesto cierta malicia.)
          ¿Casado estás?
PERSIO: Viendo voy
          por dónde, Celia, caminas.
          Apostaré que imaginas
          que con mi hermana lo estoy.
CELIA: ¿Quién es tu hermana?
PERSIO: Es mí hermana
          de quien tú celosa estás,
          y un viejo que aquí verás,
          mi padre. Ya la mañana
          apriesa pasando va.
          Queda a Dios.
CELIA: No hay que tratarme
          de partirte ni engañarme.
PERSIO: Pesada estás, Celia, ya.
CELIA: Necía fuera si partir
          te dejara.
PERSIO: ¡Bueno fuera
          que por ti no me partiera!
CELIA: Yo te lo podré impedir
          Que al Príncipe pediré
          justicia.
PERSIO: Pide y verás
          cuán tarde la alcanzarás,
          cuando de tu parte esté.

CELIA: Sí el poder llevas contigo,
            conmigo la razón llevo.
PERSIO: Ni lo que pides te debo,
            ni para casar conmigo
                Eres igual.

CELIA: Mal conoces,
            Persio vil, a quien te habla.

TRISTÁN: (Nuestra perdición entabla   **Aparte**
            con llamallo Persio a voces.)
JUSTINO: (La causa de la rencilla   **Aparte**
            no pude entender del todo;
            mas con Tristán tendré modo
            para poder descubrilla.
TRISTÁN: (El viejo es éste. él ha oído   **Aparte**
            todo cuanto aquí ha pasado.)
JUSTINO: ¿Oísme, mancebo honrado?
TRISTÁN: (Cierta mi sospecha ha sido.   **Aparte**
JUSTINO: Llegaos acá.
TRISTÁN: Ya me llego.

JUSTINO: Hoy es, galán, vuestro día.
            ¿Hay mayor bellaquería?
TRISTÁN: (Visto nos ha todo el juego.)   **Aparte**
JUSTINO: ¡Hola!

INÉS: ¿Señor?

JUSTINO: Al momento
            vayan a traerme aquí
            un verdugo.
INÉS: Harélo así.

Vase

TRISTAN: (Él me quiere dar tormento.)   **Aparte**
            Yo, señor, ¿en qué he pecado?

Sale ARDENIA

ARDENIA: Padre, ¿qué es esto?
JUSTINO: Hija mía,
            una gran bellaquería
            de que agora me he informado.
TRISTÁN: (él sabe ya todo el cuento
            por lo que Celia habló aquí.)
            Señor, si no hay culpa en mí,
            ¿Por qué me has de dar tormento?
              Si Persio, mi señor, ciego
            por tu hija, fingió ser
            Arnesto para tener
            modo de aplacar su fuego;
              y a mí, que soy su crïado,
            que callase me mandó;
            siendo su crïado yo,
            ¿qué peco en haber callado?
JUSTINO: (¡Jesús, Jesús! ¡Qué maldad!   **Aparte**
            Más descubro que pensaba.)
ARDENIA: (La sospecha en que yo estaba   **Aparte**
            ha venido a ser verdad.)
JUSTINO: ¿Que éste es Persio?
TRISTÁN: Sí, señor.
            Persio es su propio nombre.
JUSTINO: ¿Quién habrá que no se asombre?
            ¿Que a tal se atreva un traidor?
              Pues ¿cómo Persio quería

con Persio, Ardenia, casarte
siendo él mismo?
TRISTÁN: Industria y arte
no falta al que el Amor guía.
     Va a su tierra con intento
de envïarte su poder
para que puedas hacer
con tu hija el casamiento;
     y en haciéndolo, venir
y descubrirse.
ARDENIA: ¡Oh engaños
de Amor!
JUSTINO: Enredos extraños
he venido a descubrir.
     ¡Ved de un engaño el rigor!
¡Que el hijo que yo engendré
preso entre locos esté,
y regalado un traidor!
TRISTÁN: Yo, señor, ¿en qué incurrí,
que me quieres castigar?
¿Puedes por dicha culpar
la fidelidad en mí?
     Esta mujer que has oído
que con mi señor riñó,
era Celia, a quien gozó
con palabra de marido.
     Burlóla, y ella, agravïada,
vino y habló lo que oíste;
mas yo, desdichado y triste,
no tengo culpa de nada.
ARDENIA: (¿Que Celia con él riñó   **Aparte**
porque burlado la había?
ésta es la historia que un día
Arseno a Celia tocó.
JUSTINO: Este caso ha menester
prudencia y reportación.
ARDENIA: (Llegó, Arseno, tu ocasión.   **Aparte**
JUSTINO: ¿Dónde vive esta mujer,
     esta Celia?
TRISTÁN: Vive allá

junto a San Justo y Pastor
JUSTINO: ¿Cuánto ha que este traidor
de Persio en la corte está?
TRISTÁN: Siete meses puede haber.
JUSTINO: ¿Es noble?
TRISTÁN: Nadie imagino
que es mejor que él.
JUSTINO: ¿A qué vino
a Bohemia?
TRISTÁN: A pretender,
Señor, una compañía
en la jornada que ha hecho
a Hungría el Rey.
ARDENIA: (Mas sospecho **Aparte**
yo que a pretender la mía.
JUSTINO: Ahora bien, mancebo, entrad,
entrad en este aposento,
porque hasta el fin de este cuento
no habéis de ver claridad.
TRISTÁN: Pues, señor. . .
JUSTINO: No repliquéis.
TRISTÁN: No replico.

Vase

JUSTINO: Así procuro
vivir en paz, y seguro
de que otra vez me engañéis.

Le encierra

JUSTINO: ¿Que maldad tan insolente
pase en mi casa, y que vos,
Ardenia?
ARDENIA: Testigo es Dios
que de ella estoy inocente.
Es verdad que sospechar

estos engaños debía
por lo que intentó aquel día
que nos viste pelear;
   pero tan grande insolencia
¿quién la pudiera creer?
JUSTINO: Pues ¿de qué vino a nacer
entonces vuestra pendencia?
ARDENIA: De que después de tratarme
gran rato en cosas de amor,
con engaños el traidor
quiso llegar a abrazarme.
   Resistí, y me declaró
ser extremo de amor ciego.
Di voces y él dijo luego
que era burla, y creílo yo.
JUSTINO: ¡Jesús! ¡Qué engaños trazaba!
Pues díjome entonces él
que por quitarte un papel
de tu galán peleaba.
ARDENIA: ¡Yo papel, y yo galán!
JUSTINO: Y aun el papel me mostró,
que dijo que te quitó.
ARDENIA: Pienso que lo vio Tristán.
   Él, padre, el testigo sea.
JUSTINO: No es menester; yo lo creo;
que supuesto lo que veo,
no hay engaño que no crea.
ARDENIA: No fue vana mi tristeza,
el día que en casa entró.
arece que me avisó
la misma Naturaleza.
JUSTINO: Ya me acuerdo que aquel día
melancólica estuviste.
ARDENIA: Y él lo notó, y le dijiste
que era ya costumbre mía;
   y cuando mi hermano entró,
el triste preso inocente,
mi alma naturalmente
en viéndolo se alegró.
JUSTINO: Dijo el Príncipe que había

vístolo en esta ciudad
antes de allí, y en verdad
que yo también juraría
   que lo encontré en esta calle
alguna vez.
ARDENIA: Pudo ser;
mas velo, señor, a ver;
que pudo acaso obligalle
   alguna ocasión a estar
encubierto algunos días,
y por dicha te podrías
tú y el Príncipe engañar.
   Ser dos hombres parecidos
no es suceso más extraño
que salir de un mismo paño
semejantes dos vestidos;
   y al fin para cualquier caso
será el hablarle cordura.
JUSTINO: Voy a hacerlo.
ARDENIA: (A mi ventura   **Aparte**
hoy abre Fortuna el paso.)

*Vanse. Salen el PRÍNCIPE, CLAUDIO, y
ROBERTO*

CLAUDIO: En diciendo "soy Arnesto,"
sin dejalle que la espada
sacase, de una estocada
di con él en tierra presto.
ROBERTO: Pues de un revés que le di
al tiempo que iba cayendo,
todos los sesos entiendo
que por tierra esparcí.
PRÍNCIPE: ¿Al fin murió?
CLAUDIO: Murió al fin,
y muriera el mundo todo,
si su muerte fuera modo
de dar a tus males fin.
PRÍNCIPE: (¡Oh loco Amor! ¡Oh deseos! **Aparte**

¿Dónde me habéis de llevar?
¡Que yo, que ejemplo he de dar,
cometa casos tan feos!)

PERSIO, con botas y espuelas

PERSIO: Déme, señor, vuestra alteza
     los pies.
PRÍNCIPE: ¡Arnesto! ¿Qué es esto?
ROBERTO: (Claudio, por Dios que es Arnesto.)
CLAUDIO: (Sana tiene la cabeza.)
PERSIO: ¿Qué novedad es, señor,
     que vos me hayáis recebido
     demudado, enmudecido,
     y perdida la color?
        ¿Qué es esto? ¿Qué confusión
     es ésta?
PRÍNCIPE: (Disimular   **Aparte**
     importa.) Si os doy lugar
     dentro de mi corazón,
        Arnesto, cuando de mí
     quereros partir mostráis,
     decid, ¿por qué os espantáis
     de ver que el color perdí?
PERSIO: Con favor tan excesivo,
     casi me he llegado a holgar
     de daros este pesar
     por la gloria que recibo;
        que tanto dais en subirme,
     Que he venido a conseguir
     Más bien con querer partir
     Que alcanzara con partirme.
        A un negocio me partía
     que a mi padre le importaba;
     pero el lugar que dejaba,
     Príncipe, no lo sabía.
        Ya lo sé: ya no me voy;
     que nada puede importarme
     tanto como no apartarme

de la presencia en que estoy.
PRÍNCIPE: No, Arnesto; partid, amigo,
partid. ¿Cuándo volveréis?
PERSIO: Con que licencia me deis,
que no he de partirme digo.
    (No temo yo que la dé: **Aparte**
que ver sola a Ardenia quiere.)
PRÍNCIPE: ¿Y si licencia no os diere?
PERSIO: Lo que mandarais haré.
PRÍNCIPE: Partid; mas con condición
os mando partir, Arnesto,
que habéis de volveros presto.
PERSIO: (¡Qué bien fingida afición!)   **Aparte**
PRÍNCIPE: Y mientras dura el camino,
ya os doy de la hacienda mía
cien escudos cada día.
    (Con esta traza imagino   **Aparte**
   hacerle que por gozar
más la renta, más se tarde.)
PERSIO: Mil años el cielo os guarde.
PRÍNCIPE: Con eso os quiero obligar
A daros priesa a volver,
porque no me empobrezcáis.
PERSIO: Cuanto vos, Señor, me dais
Se queda en vuestro poder.

Vase

PRÍNCIPE: ¿Qué os parece? ¿Es éste el muerto?
¿Burlaisos de mí? Estoy loco.
¡Que me tengáis en tan poco,
que mintáis al descubierto!
CLAUDIO: Oye, señor.
PRÍNCIPE: ¡Vive Dios,
desleales!
CLAUDIO: De otra suerte
nos trata, y oye, o la muerte
nos da, Prínpice, a los dos.
    Sé que lo que yo conté

82/97

es verdad. Eslo tan pura
Como ser la noche oscura;
Lo demás yo no lo sé.
    Él, de cobarde y turbado,
se nos fingió muerto allí.
La herida que le di
lo cogió muy bien armado.
    Por arte del demonio
tan presto de ella sanó,
o otro que ser él fingió
pagó el falso testimonio.
    0 algún demonio tomó
cuerpo y nombre y voz de Arnesto
para hacerme que con esto
pierda la paciencia yo.
    Pero no hay mucho perdido,
ni tú sin remedio estás
porque haya una noche más,
por yerro, Arnesto vivido.

PRÍNCIPE: Vuelve. ¿Dónde vas?
CLAUDIO: Librarme
de esta obligación querría
antes que se pase el día,
porque no pueda engañarme.
PRÍNCIPE: Bueno está: ya yo te creo.
Basta; que ya se pasó
la ocasión, y él se ausentó
que es lo mismo que deseo.

Sale JUSTINO

JUSTINO: Déme los pies vuestra alteza.
PRÍNCIPE: ¡Oh Justino amigo!, alzad.
        ¿Qué hay por acá? ¿Hay novedad?
JUSTINO: ¡Hay tanta!
PRÍNCIPE: ¿Qué es la tristeza?
        ¿Tiene salud vuestra hija?
JUSTINO: Tiénela al servicio vuestro.
PRÍNCIPE: Cuando tan vuestro me muestro,

¿cosa ha de haber que os aflija?
Hablad, Justíno, ¿qué es esto?
JUSTINO: Es, señor, mi desventura.
Oíd.

Háblale bajo

ROBERTO: (Cualque travesura   **Aparte**
será de su hijo Arnesto.
PRÍNCIPE: ¿Qué decís?
JUSTINO: Información
tengo muy bastante de eso.
A su mozo tengo preso,
que hizo llana confesión;
y de Celia, una mujer
con quien él antes trató,
me informé muy largo yo
antes que os viniese a ver.
PRÍNCIPE: ¿Hay tan gran atrevimiento?
(Y más si acaso sabía   **Aparte**
que yo a Ardenia pretendía.)
De ira y enojo reviento.
A Arnesto me has de prender,
Roberto: alcánzalo luego;
que me abraso en vivo fuego.
JUSTINO: Partid hacia Cutember,
donde él nació; que allá va.
PRÍNCIPE: Revienten por los ijares
los caballos que llevares.
ROBERTO: No temas que se me irá.

Vase

JUSTINO: Sólo resta que le deis
libertad a mi hijo preso,
a quien por falto de seso
entre los locos tenéis.
PRÍNCIPE: Justíno, yo no querría

que ése fuese otro traidor.
JUSTINO: ¡Jesús! Arnesto es, señor,
             como es claro el sol y el día.
PRÍNCIPE: Hágase lo que queréis;
             que cuando Arnesto no fuera,
             quitaros yo no pudiera
             que por hijo lo adoptéis.
               Claudio, con Justino id,
             y haced que a Arnesto le den
             luego libertad.
JUSTINO: Con bien,
             años sin cuento vivid.

Vanse JUSTINO y CLAUDIO. Sale un PAJE

PAJE: Licencia aguarda que des
             un correo.
PRÍNCIPE: Siempre la tiene
             el que con mensajes viene.

Sale un CORREO con un pliego

CORREO: Dadme, señor, vuestros pies.
               Ésta os envía el cardenal
             Julio Coloma, y conmigo
             salud y paz.
PRÍNCIPE: Es mi amigo.
CORREO: Es vuestro siervo leal.

Lee

PRÍNCIPE: "La noticia que en todos los reinos
             hay del justiciero valor de vuestra
             alteza, me da confianza para suplicarle
             me haga justicia. Arnesto, hijo de
             Justino, cortesano de vuestra alteza,
             dio muerte a un sobrino mío, de lo

cual lleva el portador los recados.
Prospere Dios los años de vuestra alteza,
etc."

PRÍNCIPE: (La nueva que en esta leo   **Aparte**
                 da gran fuerza a mi esperanza,
                 da principio a mi venganza,
                 y fin dará a mi deseo;
                   que hoy en Ardenia he de ver
                 mudanza de su rigor,
                 si a su hermano tiene amor.)
                 Ven, sabrás lo que has de hacer.

Vanse. Salen JUSTINO, ARSENO, con banda de herído, y SANCHO

JUSTINO: Volvedme a abrazar, Arnesto.
ARSENO: Al cielo mil gracias doy.
JUSTINO: Llamad a Ardenia.

Salen ARDENIA e INÉS

ARDENIA: Aquí estoy,
          dulce hermano... Mas ¿qué es esto?
             ¿Estáis herido?
ARSENO: No es nada.
ARDENIA: No me parece a mí poco.
SANCHO: Por tirar a otro, un loco
             le dio acaso una pedrada.
ARSENO: Mas ya, hermana, que me toca
             vuestra mano, en su virtud
             Tengo cierta la salud.
SANCHO: (Si guardaremos la boca.)   **Aparte**

Sale CLAUDIO, con guardas y un papel

CLAUDIO: Dios os guarde.
JUSTINO: Claudio amigo,
      ¿Qué hay pues?
CLAUDIO: A decirlo voy.
      ¿Sois vos Arnesto?
ARSENO: Yo soy.
CLAUDIO: Sed preso y venid conmigo.
ARSENO: ¡Preso! ¿Por qué?
CLAUDIO: No lo sé:
      Mándalo el Príncipe así
      por éste suyo.
ARDENIA: ¡Ay de mí!
      ¿Cuándo libre te veré?
ARSENO: Obedecer es razón.
      Vamos. Padre, hermana mía,
      quedaos a Dios.
JUSTINO: ¿No podría
      saber por qué es la prisión?
CLAUDIO: No lo sé.
JUSTINO: ¿En qué habéis pecado,
      hijo?
ARSENO: Pues que preso voy,
      sin duda culpado soy.
JUSTINO: Sólo en nacer desdichado.

Vanse ARSENO, CLAUDIO y los guardas

ARDENIA: Pues, señor, ¿cómo os quedáis?
      Id a saber la ocasión
      de este rigor y prisión.
JUSTINO: Voy a saberlo.

Sale el CORREO

CORREO: No vais;
      que yo la causa os diré,
      y si el remedio queréis,
      de mi mano lo tendréis.

JUSTINO: Yo vuestro esclavo seré.
CORREO: Yo, señor Justino, he sido
          quien hasta aquí desde Roma
          por el cardenal Coloma
          a este negocio he venido.
             y es el caso que tenía
          el Cardenal un sobrino
          y una sobrina, imagino
          que más hermosa que el día.
             Arnesto dio en requebrarla,
          en oír la dama bella;
          celoso el hermano de ella,
          hablando una vez los halla.
             El mozo, airado y crüel,
          a Arnesto quiso dar muerte,,
          pero trocóse la suerte,
          y diósela Arnesto a él.
             Arnesto huyendo escapó,
          y sentido el Cardenal
          de una desventura tal,
          mil espías despachó.
             Al fin vino a su noticia
          que estaba en Bohemia Arnesto,
          y con los recados de esto
          me envió a pedir justicia.
             Éste, pues, señor Justino,
          es el caso.
JUSTINO: Y mi ventura.
CORREO: No es vuestra suerte muy dura,
          puesta pena imagino
             que ha de parar en contento.
JUSTINO: Lo que empezó con azar,
          ¿cómo en bien puede parar?
CORREO: Si parare en casamiento;
             Que yo aquí traigo poder
          de la hermana del difunto,
          y con él lo traigo junto
          del Cardenal, para hacer
             el perdón, si da la mano
          vuestro hijo a la doncella.

JUSTINO: Arnesto, amigo, en tenella
             por mujer, gana y yo gano.
               Vamos al punto a tratallo.
             Hija, encomiéndalo a Dios.
ARDENIA: Dios vaya, padre, con vos.

Vanse JUSTINO y el CORREO

ARDENIA: Inés, confusa me hallo.
                Ves aquí que es ya forzoso
              descubrirse de esta suerte
              Arseno, o sufrir la muerte,
              o ser de esta dama esposo.
INÉS: Muchos engaños requiere
              el sustentar un engaño.
SANCHO: De todos el menor daño
              será si la mano diere.
                Salga agora de prisión;
              que después se tratará
              del remedio.
ARDENIA: Bien está.
SANCHO: Hecho una vez el perdón
                por parte del Cardenal,
              se descubrirá tu hermano;
              que estar escondido es llano,
              y dará remedio al mal,
                ratificando lo hecho
              por Arseno mi señor,
              pues a Julia tiene amor,
              que con mi dueño sospecho
                que es ninguno el casamiento.
ARDENIA: Vamos de rebozo presto,
              Inés, a ver qué hay en esto;
              que se acaba el sufrimiento.
SANCHO: Lástima tengo de ti.

Vanse. Sale ARNESTO, de peregrino

ARNESTO: Ya se cumplió mi deseo.
Gracias al cielo que veo
la casa donde nací.
   Antes de entrar saber quiero
en qué estado están las cosas.

SANCHO: ¡Ah mujeres perniciosas!
ARNESTO: Haced limosna a un romero.
SANCHO: Perdonad.
ARNESTO: Hanme informado
que el dueño de aquesta casa
no tiene la mano escasa,
y que es muy rico y honrado.
SANCHO: No está para eso agora.
ARNESTO: ¿Por qué no está para eso?
SANCHO: Lleváronle agora preso
su hijo Arnesto, y lo adora,
   y allá fue loco por ver
si acaso puede librallo.
ARNESTO: (¿Qué es esto? ¿Otro Arnesto hallo?)   **Aparte**
¿Y vísteislo vos prender?
SANCHO: Por mi desdicha lo vi.
Vos pudistes encontralle,
si venis por esa calle.
ARNESTO: ¿Y sabéis la causa?
SANCHO: Sí.
   Dicen que porque allá en Roma
dio muerte a cierto sobrino
de un cardenal, que imagino
que se llama tal Coloma.
ARNESTO: Y al fin, decidme, ¿en qué punto
está el caso?
SANCHO: En remediallo,
dicen, que con desposado
con la hermana del difunto;
   porque la moza ha envïado
poder aquí para ello.

ARNESTO: Y el Arnesto ¿quiere hacello?
SANCHO: A palacio hemos llegado
     donde lo sabremos presto;
    mas claro está que querrá,
    pues enamorado está.
ARNESTO: (Callaré, y veré el fin de esto;   **Aparte**
    que estoy confuso y perdido.)
SANCHO: A buen tiempo hemos llegado.
PRÍNCIPE: ¿Arnesto hase conformado
    en eso?
JUSTINO: Señor, ha sido
    grande su exceso en amar
    a Julia, hermana del muerto.
    Está loco del contento.

PRÍNCIPE: (¡Que no me pude vengar   **Aparte**
    de este honrado que celaba
    tanto su hermana de mí!)
CLAUDIO: (Quizá se ocultaba así
    hasta ver en qué paraba.)
PRÍNCIPE: (Crecerá de mi crüel
    Ardenia la resistencia.)
    Venga luego a mí presencia
    Arnesto.
CLAUDIO: Yo voy por él.

CELIA: Gran príncipe de Bohemia,
    poderoso, noble, sabio,
    de agraviados vengador,

defensor de desdichados,
Celia soy, de ilustre sangre,
como de infelices hados;
que la desdicha y nobleza
nacen al mundo de un parto.
Quedé huérfana de padres,
doncella de aquellos años
que bastaran a obligar
a que procurase estado;
cuando un Arnesto, un traidor
fingido, engañoso y falso,
hijo de ese noble viejo
que atento me está escuchando
mudándose el propio nombre,
y fingiendo ser extraño
de esta corte, dio en hablarme.
Y yo, necia, en escuchallo.
Al fin, de ser mi marido
me dio palabra, y debajo
de ella, señor, le entregué
lo que de vergüenza callo
cansóse de mí, y dejóme
sin honor y sin amparo.
Justo castigo de quien
fió lo que vale tanto.

PRÍNCIPE: ¡Hay tal desvergüenza!
CELIA: Hoy
sé que a prenderle has mandado,
y por las causas que digo
vengo a ti, de ti me valgo.
PRÍNCIPE: ¿Qué dices de esto, Justíno?
JUSTINO: Que todo lo que ha contado
me consta a mí que es verdad,
y más se espera de un falso.
PRÍNCIPE: Pues si vos, que parte sois,
así lo habéis confesado,
no es menester más probanza.
JUSTINO: Yo en esto ¿qué parte alcanzo?
PRÍNCIPE: Mocedades son, Justino.
No os enojéis con él tanto.

JUSTINO: Ved, señor, que no es mi hijo
         de quien está Celia hablando,
         sino del que fingió serlo.
CELIA: Yo de vuestro hijo hablo.

Salen ARSENO, CLAUDIO, y ARDENIA e INÉS, con
mantos

CLAUDIO: Aquí está Arnesto.
ARSENO: Aquí estoy.
         Sujeto a vuestro mandado.
CELIA: (¡Válgame Dios! Según esto   **Aparte**
         Persio es el Arnesto falso;
         pero pues éste es Arnesto,
         y también éste me ha dado
         palabra, lo cierto escojo.)
ARDENIA: (Más mal hay del que pensamos.) **Aparte**
PRÍNCIPE: ¿Es éste, Celia, el mancebo
         de quien habéis querellado?
CELIA: ¿Sois vos Arnesto?
ARSENO: Yo soy
         Arnesto.

CELIA: Pues de vos hablo.
JUSTINO: ¡Hay mayor bellaquería!
         por Dios, señor, que es engaño.
CELIA: Yo probaré lo que he dicho.
PRÍNCIPE: ¿Qué haremos en este caso,
         Justino? Acá dio palabra,
         allá dio muerte a un hermano;
         allá no puede casarse
         por estar acá obligado;
         si acá se casa, a la muerte
         de que allá le han hecho cargo
         no hay remedio sin morir.
         ¿Qué tengo de hacer? Miraldo.
ARSENO: Señor, si me das licencia,
         tengo fácil el descargo.
PRÍNCIPE: Di pues.

ARSENO: No puedo negar
          que palabra a Celia he dado;
          mas antes que yo la diese,
          debajo del mismo trato
          la gozó Persio, yo no;
          y yo me ofrezco a probarlo.
ARDENIA: (¡Cielo!, ¿en qué ha de parar esto?)   **Aparte**
JUSTINO: Ya, señor, Persio ha llegado.

Sale PERSIO

PERSIO: (¿Persio dijo? Ya se saben   **Aparte**
          Mis enredos: ¡triste caso!
          ¿Qué ha de ser de mí) Señor,
          dadme los pies.
PRÍNCIPE: Oh villano!
          Aparta. ¿Cómo te atreves,
          tras los enredos pasados,
          a llegarte a mí?
PERSIO: Señor. . .
PRÍNCIPE: No muevas, traidor, los labios.
PERSIO: Disculpa tengo si escuchas.
PRÍNCIPE: Moverás nuevos engaños.
PERSIO: En ese papel de Ardenia

Da un papel al PRÍNCIPE

          fundo todo mi descargo;
          que cuanto he fingido fue
          por ella misma ordenado.
PRÍNCIPE: Llamad a Ardenia.
ARDENIA: (¿Qué es esto?) **Aparte**
          Aquí estoy a tu mandado.
PRÍNCIPE: Mira si es tuya esa letra.
ARDENIA: No niego que es de mi mano.
PRÍNCIPE: Pues tú, Ardenia, según esto,
          y no Persio, es el culpado.
          Toma y lee ese papel.

Da un papel a ARDENIA

ARDENIA: (¡Vil hermano!)   **Aparte**
JUSTINO: (¡Ah tristes años,   **Aparte**
     por una livïana hija
     tan sin razón afrentados!)
PRÍNCIPE: ¿Qué respondes?
ARDENIA: Yo respondo
     que aunque dije que mi mano
     hizo esta letra, señor,
     lo que dice Persio es falso;
     porque, por el Dios que adoro,
     a quien por testigo traigo,
     que a Persio tal no escribí.
PRÍNCIPE: Pues ¿a quién, Ardenia?
ARDENIA: Es llano
     que Persio me falseó
     la letra y esto ha inventado.
JUSTINO: Y no es nuevo en él, señor;
     que yo lo hallé peleando
     con Ardenía cierto día
     sobre pedirle un abrazo;
     y fingió conmigo que era
     por quitarle de la mano
     un papel de su galán.
PERSIO: El amor doy por descargo.
PRÍNCIPE: Escucha, Persio. Ya ves
     que estoy con causa enojado,
     y si la verdad me niegas,
     ha de costarte muy caro.
     ¿Conoces a esta mujer?
     ¿Sabes, Persio, que la has dado
     la palabra de marido?
PERSIO: No puedo, señor, negarlo.
PRÍNCIPE: Escucha, Celia. Ya Persio
     llanamente ha confesado
     que te debe la palabra.
CELIA: Y lo demás es engaño.

PRÍNCIPE: Dad, Persio, la mano a Celia.
CELIA: Eres príncipe cristiano.

PRÍNCIPE: El romano mensajero,
            del poder que tiene usando,
            la mano, por Julia ausente,
            le dé a Arnesto.
ARDENIA: Dalda, hermano.
ARNESTO: Aguarda; que yo he de ser
            quien tengo de dar la mano
            a Julia, que soy Arnesto.
JUSTINO: ¡Otro Arnesto, cielo santo!
ARNESTO: Estos papeles de Julia
            harán lo que digo claro.

Muestra unos papeles, y míralos el
CORREO

CORREO: Ésta es su letra y su firma.
ARSENO: Ya no es tiempo de negarlo.
PRÍNCIPE: ¿Qué decís de esto?
ARSENO: Señor,
            Arseno soy castellano.
            Pasé a Italia, donde supe
            que tu padre, a quien aguardo
            vitorioso, encaminaba
            contra el húngaro su campo.
            Vine a pretender servirle,
            no pude alcanzar un cargo,
            quedéme aquí, enamoréme
            de Ardenia, y ella mostrando
            corresponderme, trazó
            que fingiese ser su hermano.
            Fingílo, señor, y he sido
            en fingir tan desdichado
            como tú has visto; y de todo

96/97

doy el amor por descargo.
PRÍNCIPE: ¿Qué respondes a esto, Ardenia?
ARDENIA: Respondo que a tales casos
        obliga a una mujer noble. . .
        (un príncipe enamorado)
        . . .y ese papel que tenía
        Persio, escrito es de mi mano
        para Arseno.
PERSIO: Y yo por él
        otro le di por engaño.
ARDENIA: Y con la licencia tuya
        y de mi padre y hermano,
        Arseno es esposo mío.
PRÍNCIPE: (Arrojóse ya. Echó el fallo.   **Aparte**
        ¡Ah!, mujer al fin. Por vida
        de la corona que aguardo,
        de no verte más la cara.)

Al CORREO

        Dad vos por Julia la mano
        a Arnesto.
ARNESTO: La mano doy.
JUSTINO: Hijo, dadme a mí los brazos,
        y el desdichado en fingir
        acabe aquí sus trabajos.

FIN DE LA COMEDIA